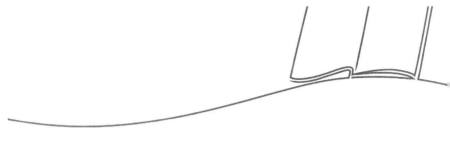

尋常の黄昏に成る

紀島愛鈴

つむぎ書房

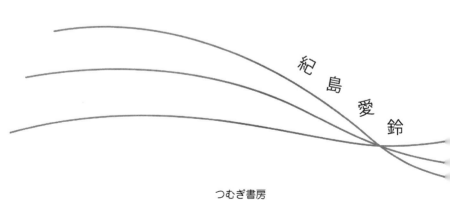

1

差栄子《さえこ》は今日も忙しかった。毎日、通勤して仕事に行く。決まった時間に起きて、いつもの朝食を食べる。

いつもの朝食は、パンとスープとハムエッグである。パンは焼いた方が美味しいので、時間のある時は焼いて食べる。寝坊してしまったときなどは、焼かないで食べる。

朝の準備は、かなり急がなくては、電車に間に合わないので、バタバタで、準備をする。テレビを見られるときはテレビを見てから行く。朝、見るテレビは大抵はニュースだった。

朝日が差し込む部屋で一人で朝テレビを見ている。朝日は差栄子の体を温めて、今日一日を頑張ろうとする気持ちを奮い立たせる。

窓から見える景色はビル群であるが、それを見るのも朝の日課である。朝日に照らされているビル群はどこか寂し気で、しかし、とても綺麗なものであった。ここにはいろいろな人が居る、毎朝そう思っている。

ビル群の中には、いろいろな会社もあって、そこで毎日働く人が居る。私も、その中の一人である、そう感じている。朝の準備の時間は数十分なので、あまりやりたいことは出来ない。少し時間があるときにテレビを見るくらいで、あとは、身支度で終わってしまう。

今日も一日、仕事なのである。差栄子の仕事は編集者である。

出版社に出向くのが毎日の仕事なので、今日も決まった時間に電車に乗る。電車に乗ると、サラリーマンや学生が殆《ほとん》どで、主婦などは居ない。私のような、仕事をしている女性も居る。

毎日持っているカバンはちょっとしたブランドのもので、高めのものである。お給料がある程度は貰えるので少し高いカバンを買うことが出来る。

「すみません」

隣にいた女学生が言った。自分は気が付かなかったが、カバンに女学生があたってしまったのだ。

「いえ。大丈夫」

即座に答えた。

電車の中はごったがえしているので、そのようなことは日常茶飯事《にちじょうさはんじ》である。いつものように答えて、持っているスマートフォンを見た。今日の天気を見て、晴れなので安心した。

大雨が降ると電車が止まってしまうことがあるので、天気予報は必ず見ることにしている。帰りに電車が止まってしまうと、タクシーを使わなくてはならなくなったり、家まで歩くかもしれない。

電車の中から景色を見ていると、やはりビル群である。ビル群の合間に小さな家もある。今日はいいお天気なので、遠くまで見える。宣伝の看板があるのでそれが目に入ってくる。出版社までは一時間ほどなので、電車の中では大抵《たいてい》スマートフォンを見ている。メールがどれだけ来ているか見ると三通だった。それに返信していくのだが、一時間もあるので、三通のメールの返事は楽勝である。

一時間のうちに何をするか、これを考えるのが楽しい。文庫本を読んでも良いし、手帳に記入しても良い。音楽を聴いてもよいし、動画を見ても良い。

宣伝の看板が気になるが、それを見ることによって、世の中の状況も分かる。何年も仕事をしていると、仕事ばかりになってしまって、世の中のことが疎くなることもある。それを避けるために、いろいろな情報を仕入れるのである。

通勤は楽しい。毎日のことなので、楽しむことを心がける。一時間のうちにどれだけ楽しめるか、それを考えるのが楽しい。

東京の景色はとても清々《すがすが》しく、雲一つない空が、気持ちが良い。雲一つない空の中にビル群が犇《ひし》めき合い、忙しさを物語っている。

私もその中の一人なのだ、それを考えることが多く、人生がとても素晴らしいものになるような気がした。編集の仕事はもう慣れているので、あまり困ることもない。

編集の仕事を始めてからもう五年になる。

雑誌の編集が主なので、月一回の締め切りに間に合えばよい。そんなに忙しくなることもなく、一か月で仕上げればよいのだ。

今日も良いお天気なので、気分は最高である。

電車を降りると、しばらく歩かなくてはならない。雨の日は大変なのだが、座っていることも多いので、この歩く時間は貴重である。

最近はスマートフォンがあるので、情報を仕入れるのは簡単である。それでも、仕事は意外と大変なもので、毎日疲れて帰ってくる。

編集の仕事をする前は、家でパソコンをしていることが多かった。仕事をする気にもなれず、生活も親が居たので、心配はなかった。ずっと家にいたので、久しぶりに社会に出た時はワクワクしていた。

社会人として、生きることができるようになった、その喜びが大きく、仕事の内容は何でも良かったが、編集の仕事にしたのだった。

もともと家で本を読むことも多く、出版関係にしようと思ったのだ。大学を卒業してからずっと家に居たので、久しぶりの仕事は、とても期待に満ちていたのである。

家はとても大きく、裕福な家庭に育った。大学も普通に行かせてもらえて、あまり困ることもなかった。

「そんなに頑張らなくていい」

母はそう言う。

それでも憧れだった、文学部に入学した。母がそう言うので、大学を卒業してからは家に居た。十年ほど経ってから編集の仕事に就いたのである。

家に居た間は、たまにパソコンをしているぐらいで、なにもしていなかった。

大卒なので、アルバイトも気が引けていた。本はもともと好きだった。文庫本を何冊も買ってきて読むことも多かった。

編集の仕事にしたのは、文学部であることと、本が好きだったこと、これが理由である。

文学部は簡単に受かっていたので、あまり苦労もしなかった。三流大学の文学部なので、入学にも苦労しなかった。

大学も普通に行って、普通に卒業したのだ。

差栄子は何も苦労をすることなく、普通に生活をしていたのである。特に貧乏というわけでもないので、必要に迫られて、仕事をしなくてはならないということもない。

それでも十年経ったある日に編集の仕事をすることに決めた。このままじゃいけない、そう思っていた。編集の仕事をするのを決めたのでいろいろな出版社に応募して、面接などを経て、入社したのだ。

面接では文学部であることが認められて、編集の仕事が決まった。文学部を卒業してから十年以上は経っていたので、かなり忘れていることも多かったが、それでも編集の仕事は楽しい。

雑誌を作るというのが仕事なので、編集にしても、一か月単位である。月刊誌なので、一か月で作ればよい。

雑誌が担当なので、雑誌の売り上げはいつも気になっていた。売り上げがいかないととても嫌な気分になる。最近では雑誌が売れないので、とても気になることでもある。売り上げを上げるためにどうすればよいか、いつも考える。

しかし、これといって良い案は浮かばない。

差栄子は売り上げを多くするにはテレビ宣伝だと思っていたが、それは採用されなかった。

編集会議にも出席する。差栄子はあまり発言することがない。たまには自分の考えも言うことがあるが、あまり多くない。会議で発言が少ないのはかなりマイナスポイントになっている。

しかし、それでも仕事はしっかりしていたので、心配はなかった。編集というのは、結構大変なもので、残業することもある。

「今日ご飯食べに行かない」

「そうだね。行こうかな」

「明日もあるけどね」

「新しいお店が出来たから、そこに行こうよ」

「わたしトンカツ食べたいんだけどな」

「ボリュームある方が良いんだね」

「そうだね」

今日は同僚とご飯を食べに行くことに決まった。

夜の街を歩いていると、いろいろな人が居る。同僚は楽しそうに話している。夜はキラキラしていて、とても楽しい。このままどこかへ行ってしまいたい、そんな妄想にも駆られる。

同僚は楽しそうに話をしている。相槌を打ちながら、空を見た。真っ黒な空は、光に照らされて、少しだけ、ぼんやり光っている。遠くの雲は白く浮かんでいる。

光に照らされた雲は、キラキラと光って、都会のまちの風景を彩っている。光に照らされているビル群は浮かび上がり、皆を守っているような気がする。

「新しいお店は美味しいかな」

「最近痩《や》せてるからボリュームのあるのがいいな」

「お酒も飲もうかな」

「明日もあるよ」

新しいお店は路地裏《ろじうら》にあった。入るとたくさんのお客さんでいっぱいだった。差栄子はステーキを頼んだ。まだ新しい店内は忙しそうで、なんだか自分も落ち着かない。明日もあるし、お酒を飲むのは辞めておいた。

「仕事は順調だね」

「でも、結構疲れる」

「いろいろあるしね」

「人間関係も大変なんだよ」

「トラブルは避けたいね」

「いろいろ言う人も居るよね」

「なんだか怖いな」

「仕事だからね」

同僚はお酒を飲んでいる。

差栄子は辞めているので、ステーキをほうばっている。このステーキは美味しいなと思いながら、同僚を見ると、同僚は疲れた様子で、ご飯を食べていた。

東京の空はとても綺麗で、毎日を癒してくれる。遠くを見ると、ビルの隙間から、線路が見える。ご飯を食べている同僚を横目に見ながら、差栄子はこれからも編集の仕事をしていこうと心に決めた。

このように夕飯に付き合ってくれる同僚が居ることはとても幸せなことだ、そう思った。一人で生きているのではない。みんなが居るのである。

宴もたけなわ、同僚のお酒も進んでいる。差栄子はステーキのみなので、飲み物を頼んで、同僚に付き合っている。

編集の仕事をするのは実は楽しい。毎日がとても充実している。同僚を見るともう酔っぱらっている。明日もあるのに平気かなと思いつつ、飲み物を飲んだ。

「ちょっと飲みすぎじゃない」

「平気だよ」

「明日もあるよ」

「大丈夫だよ」

「やめとけば」

「大丈夫だよ」

同僚は言うことをきかない。すでにかなり酔っぱらっている。差栄子はもういいやと思って、ほっとくことにした。

こうやって同僚とご飯を食べるのは、毎日ではないがたまにあることである。帰りは午後五時には終わるので、それからご飯に行く。

美味しいものを食べたい欲求もあるので、いろいろな新しいお店などを調べて行くことが多い。

美味しいという噂を聞けば行ってみる。

東京の街を歩いてみると、いろいろな人が居る。主婦らしき人や、サラリーマンのような人、どこかの偉い人のような感じの人などである。

そういう人を観察しながら歩くのが日課になっているのだが、どの人もあまり他人に関心がなさそうである。

同僚は仕事の話をしている。いろいろなことがあるので、いろいろな意見も出てくる。月刊誌の編集は、楽しいのだが、同僚はいろいろなことを言っている。

「今日、佐伯《さえき》さんがあなたのことを言っていたよ」

「えっ、なんて言っていた」

「仕事が意外と出来るって言っていた」

「そうなんだ」

差栄子のステーキはもう半分くらいになっている。

今日も一日終わったなと思いつつ、明日の予定を見た。メールの送信を八件しなくてはならない。朝、出勤したらまずそれをしなくてはならない。もう、夜の八時を回っている。絶対に終電には間に合わなくてはならない。

時計を見てから、同僚を見ると、疲れた様子で話をしている。明日も仕事である。そろそろ帰りたいなと思いつつ、同僚の話に相槌を打つ。

頼んだグラスの飲み物はもう半分以下になっていて、なくなりそうになっている。話を聞きながら飲んでいるが、これがなくなったら帰ろうと思った。仕事についてかなり話している。話題と言えばこれしかない。

同僚の口調は穏やかなので、安心して話が出来る。いろいろなことが仕事ではあるので、知らなかったことも多い。話をすることによって知識が増えたのが、嬉しかった。

「もう帰ろうよ」

「そろそろ帰るか」

「そうだよ」

同僚と共に店を出た。

辺りは暗いので、目が慣れるまではあまり見えない。しばらくするとキラキラしているライトが目に入ってきた。今日は新しいお店に行ったので、初めて歩くところである。

東京と言っても広いなと思った。東京でもまだ知らないところがある。

また同僚と食事に行きたい、そう思った。いろいろ話しているのがとても楽しいし、知識が増えるのが嬉しいのでまた来たいと思った。仕事についていろいろな情報を仕入れることが出来た。

明日も仕事だから早く帰ろう、そう思いつつ、駅まで歩く。早く帰りたいから寄り道はしないと決心して、駅に向かう。

駅では同僚と別れた。

いつもの電車に乗って、家まで行く。

自宅の近くの駅に到着すると、目の前にあったお店に、自分の欲しいものがあった。

仕事用のカバンである。あまり高いものは買わないので、数か月で駄目になってしまう。そろそろ変えなくてはならないので、新しいものが欲しいのである。いろいろ吟味していくと、ポケットがたくさんあったほうが良いと思った。

そして、明るい色が良いと思ったので、白いカバンにすることにした。

レジに行って、会計を済ませ、店を後にした。

駅から家までは十分くらいである。いつもの道なので、慣れている。いつもの道をいつものように帰る。

もう辺りは真っ暗である。電灯が少しではあるが照らしている。小道を行くと家である。家に帰ると、とにかく何か食べたい。

さっき同僚とご飯を食べたのだが、家でもまた食べたい。何かないかなと思って、冷蔵庫を探る。明日もあるから早く寝なくてはならないが、おなかも空いている。

テレビを付けて、今日のニュースなどを見る。冷蔵庫にあった、キムチを出して、ご飯を温めて食べる。

――今日も忙しかったな

そう感じながら、明日も頑張ろうと心に決める。

明日は朝七時には家を出ないといけないので、お風呂に入って寝なくてはならない。バタバタと明日の用意をして、お風呂に入る。

今日も一日お疲れ様と自分に言い聞かせて、お風呂の中でうたた寝をしている。テレビは付けっぱなしである。テレビは今日のニュースが流れている。今日はこれで終わりである。

2

差栄子には彼氏がいる。

もう付き合って三年である。

休日にはランチをしたりする。結婚の話も出るが、まだ未定である。差栄子はまだ仕事を続けたいので、結婚はまだ後でよい。

それに結婚生活に憧れているわけでもなく、現実の厳しさを知っている。結婚してから幸せになれるかと言ったらそうではないだろうと思っている。

生活費のこともあるし、彼は一流企業のサラリーマンであるが、かなり心配なのである。差栄子も仕事を辞めるわけにはいかない。

彼は鯛三《たいぞう》という名で、鯛三の鯛は魚の鯛である。

鯛三は差栄子のことを美人だと思っている。仕事もバリバリしているし、女性としては上出来だと思っている。

鯛三に出会ったのは三年前であるが、それは仕事での出会いであった。

取引先に居た鯛三は差栄子に一目ぼれをしたのだった。鯛三はそれから差栄子と連絡を取り合い、付き合うようになった。

差栄子のことはすごく出来る女性であると思っている。差栄子のほうも鯛三のことが好きである。まだ喧嘩はしたことがない。

仕事の帰りには夕飯を一緒に食べることもある。お酒も飲めるが、あまり飲まない。鯛三の職場と差栄子の職場は近いので、食事にはよく出かける。

食事はハンバーグやステーキなどこってりしたものが好きであるので、夕飯にはファミレスなどに行く。差栄子からすると鯛三はしっかりしていて、男らしいと思っている。

鯛三の几帳面なところが好きである。鯛三は仕事に行く。鯛三の仕事は大企業のサラリーマンで、営業である。

お給料はそこそこ高いので、安心している。差栄子との会食でも鯛三が払うことが多い。鯛三のほうが多く貰っているのである。

ファミレスなどで会食するが、差栄子はいつもお酒は飲まない。鯛三は少し飲むことがある。

「今度の休日はどこかへ行こうよ」

「どこがいいかな」

「新作の映画が見たいな」

「それじゃあ、映画館に行こう」

「そのあとご飯食べて帰ろう」

次の休日は映画館に行くことになった。

新作の映画は大々的に宣伝をしていて、とても見たくなったのである。新作の映画は原作が小説で、それが映画化されたものである。

差栄子は原作を読んでから、映画を見に行こうとおもって、本屋に立ち寄った。原作の本を購入して、寝る前に読むことにした。

差栄子は映画に行くのがとても楽しみになっていた。

仕事ばかりで遊ぶ暇もあまりないので、休日に映画に行くのはとても嬉しかった。新作の映画はとても人気で、皆が見ているものであった。

時代を象徴するような映画である。

日本の映画であるので、安心して見ることが出来る。鯛三もその映画が見たかったのである。

DVDを借りて見ても良いのだが、映画館で見たかった。

それだけ、人気もあって、見たい映画なのである。鯛三は映画の興行収入も気になっていて、採算が取れるのか心配であった。

それだから映画館で見ようと思ったのだ。

映画の興行収入の予想をしていて、成功するだろうと思っている。人気もあるので、安心して見ることが出来る。

差栄子は映画を見るために原作を買ったのだが、内容をもう知ってしまった。知っているから、さらに楽しみになってきた。鯛三と差栄子で映画に行くのは今回が初めてではない。前から何回か行っているのである。

「お待たせ」

「映画楽しみだね」

「どんな感じかな」

「スケールが大きそうだな」

「帰りに食事に行こう」

「そうだね」

映画館の前は人で溢《あふ》れていた。皆、映画を見る人であった。新作の人気のある映画なので、人が多い。

差栄子はとても楽しみになってきて、ワクワクしていた。鯛三も何だか楽しみになってきていた。

真っ暗な映画館に入ると、やはり人が多く、満席の状態であった。真ん中の少し後ろのほうに席を決めて、さっき買ってきた、お菓子を開けた。飲み物も買ったので、それを飲みながら、始まるのを待っていた。

「すみません」

声がした。

「通りたいのですが」

奥のほうに席を取りたい人が声をかけてきた。

「どうぞ」

差栄子は当たり前であるかのように、答えた。

知らない人から声をかけられるのは、めったにはないが、全くないわけではない。たまには知らない人に声をかけられることもある。

映画館は数か月ぶりなので、この雰囲気を味わうのは嬉しかった。

「お菓子買ってくる」

「ジュースも」

「映画はあと三十分で始まるから」

「俺は席に座っているよ」

「ジュースは何がいい」

「コーヒーがいいな」

「ちょっと待ってて」

お菓子などを買うために席を立った。ロビーには売店があるので、そこで買う。コーヒーとお菓子を選んで、自分はオレンジジュースにすることにした。

映画が始まるまで三十分くらいである。人がたくさん入ってきているので、とても人が多い。いろいろな人がいるなと思いつつ、眺めていた。

席は中央の後ろのほうなので、見やすいだろう。映画がもうすぐで始まるので、急いで席に戻った。

鯛三は雰囲気のせいで眠そうである。

楽しみにしていた映画はすぐに始まる。始まったらあまり話も出来ないであろう。騒いではいけない。

差栄子は席に座って、鯛三の様子を見ていた。

久しぶりの映画なのですごく楽しみである。映画は人気があるものなので、会場は大入りである。そうするとすぐに映画は始まった。

辺りは薄暗くなり、楽しみにしていた映画は始まった。

差栄子は、映画に集中することもなく終わりそうであった。辺りが気になって、ストーリーもあまりつかめないような感じであった。鯛三はすごく集中して見ているようであった。

二時間もすると映画は終わった。とても面白いものであった。

3

鯛三と差栄子は映画館を出て、食事に行くことにした。

「何が食べたい」

「イタリアンがいいな」

「最近パスタを食べてないんだよ」

「イタリアンいこうか」

食事はイタリアンに決定した。お洒落《しゃれ》なイタリアンレストランというのは結構あるもので、探すのにも苦労しなかった。

十分くらい歩いたところにイタリアンレストランはあった。イタリアンというのは、パスタがメインである。

鯛三はパスタが食べたいようだが、差栄子はご飯ものが食べたかった。ご飯ものというと、パエリアや、リゾットのようなものになる。

イタリアンレストランはとても綺麗で、まだ新しいレストランであった。

「俺はパスタにする」

「私はリゾットにしようかな」

「ワインも頼もうか」

「そうだね」

「イタリアンのコースにしようか」

「前菜も欲しいね」

「今日は豪華《ごうか》にコースにしよう」

差栄子はイタリアンを食べるのは久しぶりである。ご飯ものが良いので、リゾットにすることにした。イタリアンレストランは大盛況《だいせいきょう》で、お客さんがいっぱいである。隣の席の人も、楽しそうに話しながら食べている。

話の内容を聞いていると、家族の話をしていた。

「おばあちゃんが、倒れちゃって」

「入院したの」

「そうなの」

「ここから近いところの病院で、毎日お見舞い行ってるんだよ」

「大変だね」

「今度検査があるから、その結果を見てみないと」

「退院出来るのかな」

「出来るといいね」

差栄子は話を聞いていて、自分がまだ若いので、そのようなことがないと思った。

歳をとったら大変なんだな、そう感じた。

久しぶりのイタリアンはどこか新鮮で、鯛三と食事をすることも、あまりないこともように感じた。それは毎日が忙しくて、そのような感覚になったからである。

薄暗くて、雰囲気のある店内は、思ったよりも活気があって、いろいろな話題で盛り上がっている。

リゾットはとても美味しくて、またここに来たいと思った。鯛三も美味しそうに食べている。

鯛三のネクタイは差栄子があげたものである。鯛三の誕生日のプレゼントでネクタイをあげたのである。

今日は楽しいな、差栄子はそう思った。

いつも仕事ばかりで楽しいことなどあまりないので、今日は特別のように感じた。今日のような楽しい日はあまりないし、そういう時は何か欲しいものでも買って帰ろうと思った。

給料は少ないのでそういう買い物もあまり出来ないのである。

差栄子の給料は一か月十八万円で、そこから社会保険などが引かれて手取りが十四万円になるのである。その中で一人暮らしをしなくてはならず、かなり生活はきつい。

しかし、子供が居るわけでもなく一人なので、あまり心配はいらない。自由気ままに生きていけばよいと思っている。

買い物するのも給料が気になってあまり高いものは買えない。

家賃は五万円ほどなので、残りの九万円で生活することになるのである。お酒もあまり飲むことはできない。飲んだとしても安い発泡酒くらいである。

給料が少ないのはとても不満であるが、憧れだった編集の仕事なので、しょうがない。

いずれは結婚して家に入りたいとよく思っている。

今は編集の仕事を頑張ろうと考えて、毎日を過ごしている。たまには残業もあるので、帰りが遅くなることもある。そうすると、すぐに床《とこ》に入って、朝すぐに家を出る。

何も余計なことは出来ない。給料が少ないのは不満であるが、特に変えようとは思わない。忙しくてなにも出来なくても、給料が安くても、変えようとは思っていない。

鯛三という彼氏もいるので、仕事もプライベートも充実しているのは確かである。

「リゾット美味しい？」

「美味しいよ」

「ここのイタリアンにまたこよう」

「そうだね」

「私の給料だとそんなにこられないけど」

「いいよ。俺が払うから」

鯛三はとても美味しそうに食べている。

鯛三の横顔を見ていると、この人がいいなと差栄子は思った。結構しっかりしているし、私のことも気遣ってくれる。意外とやさしいし、あまりケチでもない。仕事もしっかりしているし、あまり無理なことも言わない。

結婚するならばこの人がいいなと思った。差栄子はそろそろ結婚する年ごろになってきているので、そういうことはとても気になる。

しかし、結婚には踏み切れない。結婚してからの大変さも分かっているし、相手を選ぶのもあまり得意でもない。どうなるか分からないと思っているので、このままが良いと考える。

このままの生活を続けていくことは安定でもあるので、不安が多い結婚生活には踏み切れない。結婚したら楽しいことがいっぱいあるというのは分かるのだが、生活が不安であるので、あまり肯定的でもない。

今のところ、鯛三が良いと思っているが、これからは分からない。結婚することは夢でもあるが、現実的なことを考えて、踏み切ることが出来ないでいる。

「また食事に行こうね」

「そうだね。楽しいしね」

「仕事は大変なの」

「結構忙しいよ」

「残業もあるの」

「残業もあるよ。残業のないときに来よう」

「そうだね」

鯛三は残業をすると、夜の十二時を過ぎてしまうこともある。

そんなに遅くなってしまうとタクシーで帰るしかない。

翌朝は六時頃家を出るので、家では寝るだけである。

仕事の大変さは分かっているので、差栄子との食事は良い息抜きになっている。会話も楽しいので、差栄子と居るのがとても楽しい。

出来れば毎日のように食事をしたいのだが、残業もあるので、そんなに会うことは出来ない。

4

差栄子のことは好きである。

仕事をしているところも気に入っている。毎日会いたいのだが、会えないのが寂しい。鯛三も仕事が忙しいので、仕事の合間を縫って会うしかない。鯛三は差栄子とこれからも一緒に居たいと思っている。

一人暮らしが長いので、その生活を変えようとは思わないので、結婚して一緒に住むということは今のところ保留である。差栄子との将来は希望に満ちている。それを分かっていながら、踏み切れない。

現実的に生活が大変になるのは分かっている。なるべくならば、一生一人でいた方が気が楽なのである。

いつもそのことを考えてしまう。

家族を持つということは大変なことである。自分に自信があればいいが、そうでもない。いろいろ考えてしまい、結婚には踏み切れない。鯛三は自分の将来を見据えて、今のままがいいのである。

結婚することは夢でもあるが、現実を考えると踏み切ることは出来ない。夢でもあるが、否定的な意見もある。結婚して子供を持つことは贅沢なことである、そういう考えでもある。

差栄子のことは好きではあるが、そういう考えがあるので、結婚は踏み切ることは出来ない。歳がまだ若いせいもあって、あまり真面目には考えていないというのもある。もう少し歳をとったら、考えるかもしれない、そう思っている。

鯛三の収入は平均的である。一般的なサラリーマンの給料である。これならば結婚することも可能であるが、不安もあるので、辞めている。

鯛三はボーナスが出ると数日間旅に出る。今までいろいろなところへ行った。北は北海道から南は九州まで、遠いところには飛行機で、行くのである。鯛三は旅行で国内はいろいろ行った。北海道の海の幸はとても美味しかったことを覚えている。

沖縄では海がとても綺麗だったことを覚えている。数日間、旅行に行くといろいろな人に会う。電車などに乗っていると、知らない人が声をかけてくる。そしていろいろ話をする。

この地方ではこれが良いとか、ここがおすすめとかいろいろな情報が聞けるのである。

その情報を元にいろいろなところへ出向く。そして、いろいろなことを学んでくる。人生では旅行は大切な行事であると思っている。

多少はお金がかかるが、それも人生を楽しむ上で必要な経費である。国内旅行が好きなので海外にはあまり行かない。

唯一海外で行ったのは、韓国である。日本から近いというのもあって行きやすい場所であった。韓国では買い物してこようと思っていたが、予想以上に別世界で、あまり行動できなかった。その時は一人で旅行をした。

旅行をしていると、いろいろなことに気が付く。自分の世界が狭いこと、行ってみるといろいろな場所があること、この世界は広いこと。田舎に行くと人は少ないが、沢山の人が居ること。

鯛三はいろいろな事を学ぶために、旅行に行く。

それに、差栄子との関係は良好であるので、今はとても充実している。毎日が楽しい。仕事もプライベートもしっかりしていて、今が一番良いであろう。

差栄子のことは可愛いと思っている。仕事も出来るし、話をしていても楽しい。

誕生日に差栄子からプレゼントを貰った。ネクタイであったが、これが役に立つ。数本しかもっていないために、そのプレゼントは有難い。そのネクタイをして仕事に行っている。

仕事をしているとふと思うことがある。

結婚はするのだろうかということである。もういい歳になってきているので、そろそろ決めないといけない。

しかし、今は、差栄子しかいない。差栄子一筋である。差栄子はとても良い子である。相手としては申し分ない。

しかし、結婚するということが踏み切れない。

生活を変えたいと思わないし、一人での生活に慣れている。

十年くらいは一人で暮らしているので、生活をここから変えていくということは難しい。一人暮らしが長いので、その間には、一人で楽しむということも覚えた。食事なども一人で取ることが多い。一人であることに慣れているので、変えていくことはとても困難なことである。

しかし、一生結婚しないというのも、嫌だと思っている。一生のうちで一回くらいは結婚したい。一人が慣れているせいで踏み切れないが、いずれは結婚したい。一人が慣れてしまったというのは一生のうちで、一番後悔していることであるが、もうそうなってしまったのでしょうがない。

一人が自由気ままで居心地が良い。これを変えていくということはとても難しい。結婚するとなると、相手との生活になるので、一人の自由さはなくなるだろう。金銭的にも負担が大きいし、変わることも多い。そういうことを考えていると、どうしても踏み切れない。いろいろ考えてしまうのである。

結婚への憧《あこが》れはある。しかし、それだけでは決められない。生活をするということで、鯛三が負担することになるかもしれない。

差栄子はもしかすると主婦になるかもしれない。そうすると、鯛三が一人で生活を支えることになる。その点も不安なのである。差栄子は美人である。申し分ない。仕事もしっかりしている。編集者であるが、プライベートでは普通の女の人である。

鯛三は今度また差栄子と食事に行こうと思った。本当ならば、毎日でも会いたい。今では携帯電話があるので、会えない時は携帯電話で連絡を取る。仕事から帰ってから差栄子と電話をしていると、夜中になってしまうこともある。会いたいので、電話は長くなる。今日あった出来事から、これからの予定など、話すことはたくさんある。

今日も鯛三は差栄子に電話をかけた。

「今日はどうだった」

「普通だったな」

「仕事がたくさんあったよ、俺は」

「私はいつもどおりだった」

「今度また食事に行こう」

「そうだね」

「また俺がおごるから」

「えっいいの」

「いいよ」

5

その後、すぐに仕事の同僚からも電話がかかってきた。差栄子は鯛三ではないので、少し面倒になったが、電話に出た。

「差栄子さん、今度食事にいきませんか」

「仕事の話などもいろいろしたいし、食事にいきましょう」

「最近、仕事に疲れて話を聞いてほしい」

「それじゃ、今度いきましょう」

「いつにしますか」

「今日は休みだけど、明日は仕事だから、明日の仕事の帰りに食事に行きましょう」

「そうですね」

次の日、差栄子は仕事が終わると、同僚と食事に出かけた。

同僚は、仕事に疲れていると言っていたので、慰める言葉を用意しておかなくてはならない。

同僚は、萠理《もえり》という名で、まだ若い。二十歳そこそこである。若いのに編集者の仕事をしている。萠理とはお昼も一緒に食べる仲である。

「差栄子さん、どこにいきましょうか」

「疲れているからトンカツ屋に行こうか」

「そうしましょう」

「おいしいトンカツを食べに行こう」

職場から少し歩いたところにトンカツ屋はある。あまり遠くないので、同僚の萠理と話ながら歩いているが、すぐに着いてしまう。

そのトンカツ屋はとても有名で、美味しいと評判である。

「萠理は、なんで仕事に疲れているの」

「一年くらい仕事しているけど、仕事がこんなに大変とは思わなかった」

「ずっと仕事あるからね」

「八時間も仕事をしつづけるというのは、すごく大変なことですね」

「たまにはインターネットであそんでみれば」

「そんなことしたら、駄目ですよ」

「時短勤務で時給にしてもらえば、少しは楽ね」

「でも生活費が足りない」

「私も時短勤務には憧れるけど、やっぱり生活費が足りないから、八時間の正社員で仕事しているんだよね」

「正社員ならボーナスもあるので、生活は楽です」

「そうだよね」

「疲れているから時短勤務にするというのは無理な事ですね」

「どうすればいいいんだろうね」

萠理はまだ若く、仕事を始めてからあまり日は経っていない。せいぜい一年くらいである。学生の頃からすると今のほうが忙しい。

この一年でいろいろな事が変わった。社会人になったので、お給料がもらえる。それで生活をするので、とても大変だということが分かってきた。

親には感謝しているが、一人での生活も楽しいことはあるが、大変なのである。

仕事の帰りにはショップに寄って買い物をしたり、夕食の買い出しにも行く。割引になっているととても嬉しい。夕飯は買って帰ることが多く、外食することは少ない。

編集者の仕事は向いていると思っているが、意外と大変である。

トンカツ屋は大盛況で、とても混んでいる。丁度夕食の時間なので、サラリーマンなどが多い。お酒を飲んでいる人も居る。トンカツは差栄子も蒴理も大好きなので、ここにくることが多い。

「蒴理は一年くらい仕事しているけど、どうなの」

「楽しいですよ」

「編集者は大変だよね」

「そうですね。でも、やりがいもあるし」

「他にもやりたいことないの」

「今のところないですね」

蒴理はトンカツを食べながら、差栄子を見て、こう言った。蒴理はまだ若いのでとても美人である。編集者の仕事はこれからの蒴理にとって、とても有意義な仕事である。若いというのに、しっかり仕事をしているので、差栄子は、良い子だと思った。蒴理は編集者の仕事が大変なので相談している。

「やっぱり毎日大変なんですよ」

「そうだね、たくさん働いているからね」

「生活があるので、簡単に辞めることは出来ないし」

「編集者の仕事は大変だからね」

「しっかり仕事をしているという感じだし」

「アルバイト気分ではないもんね」

萠理はまだ若いためにお金も貯めなくてはならない。

しかし、生活もあるので、そんなに貯めることは出来ない。給料から数万円を貯金に回している。まだ、そんなに貯金もないので、仕事を辞めるわけにはいかない。

編集者の仕事はしっかり仕事をしているという感じであるので、これを変えるわけにもいかない。しかし、実状はとても大変な仕事なのである。たくさんの仕事をこなしていき、締め切りにも間に合わなくてはならないし、出勤する日も多いのである。

打合せのある日は帰りが遅くなることもある。一応、残業という扱いであるので、給料にプラスされる。残業が多い月の給料はかなり多いのである。

萠理は生活をしているので、その中から生活費を出して、残りを貯金している。若いというのに、しっかり仕事をしているのである。萠理は編集者の仕事を軽い気持ちから選んだ。もともと本が好きだったので、そういう仕事が良いと思った。

しかも、生活していくにはそういうしっかりした仕事でないといけないと考えていた。

最近は仕事の大変さが身に染みてきた。毎日出勤して、帰りはとても遅い。疲れて寝てしまったら、朝、すぐに出勤である。他のことは何もすることが出来ない。仕事のみの生活である。遊ぶ時間もほとんどない。テレビを見る時間さえない。

そういう毎日に最近は疲れてきているのである。

やる気はあるのだが、疲れがたまっている。残業も多いので、ほんとに辛い。

しかも仕事は失敗することが出来ないので、神経が過敏になって、さらに疲れてしまう。

萠理の息抜きは、たった一杯のコーヒーである。コーヒーを飲んでいるときが至福の時である。休憩時間には必ずコーヒーを飲む。コーヒーならばなんでも良いので、自販機で買うことも多い。一番いいのはドリップコーヒーであるが、なかなかそういう機会はない。

萠理は仕事が嫌いではないが、好きでもない。なにせ疲れてしまう。八時間の勤務でも疲れるのに残業がある。残業すれば給料は増えるが、そんなことははっきり言ってしまえばどうでもいい。疲れが取れるのならば、早く帰りたい。

生活費を稼いでいるので、それだけでもよいし、貯金など出来なくても良いと思っている。あまり、金銭欲もない。あればあるだけ使ってしまうし、将来のことなどはあまり考えていない。もし、今の編集者の仕事を辞めたら他のことをすればよい、そのくらいしか考えていない。

「いろいろ大変なこともあるし、仕事は」

「そうだよね、片手間《かたてま》では出来ないこともあるしね」

「ピリピリしてしまうし」

「大きな仕事もあるしね」

「編集者の仕事は嫌いじゃないけど好きでもない」

「だって疲れるからね」

「いろいろ大変なことがあると、本当に疲れる」

「昨日なんて打合せで少し言い合いになってしまったんですよ。相手が押し強くて」

「えっそうなの」

「曲げられないことがあったみたいで」

「こっちも柔軟に対応していかなくてはね」

「そうですね」

6

トンカツ屋の店内は、とても活気があって、雑談で溢れている。ビジネスマン同士が仕事について語り合っている風景もある。

萠理と差栄子のように、仕事の後に食事に来ているのであろう。

明るい雰囲気は、仕事の疲れを癒《いや》してくれて、とてもありがたい。それだから、仕事の後に来る人が多いのだろう。

人気のあるトンカツ屋は、もちろん、トンカツも美味しい。

美味しいトンカツを食べながら、仕事の話をしているというのが、この店では普通である。「昨日の打合せはそれでどうなったの」

「一応、言い合いにはなったんですけど、まとまりました」

「それなら良かった」

「でも、こちらが確認することが多いみたいです」

「それは手間がかかるね」

「時間ないのに」

萠理はトンカツを食べながら、淡々《たんたん》と話している。仕事は大変であるが、いろいろ面白いこともある。トラブルなどがあると、いろいろなことが大変になってくるのだが、良いことがあると面白くて嬉しい。

世の中には沢山の仕事があるが、萠理は編集者が一番だと思っている。

差栄子と食事をするのは初めてではない。仕事が終わると食事に来ることもある。二人とも疲れているのでトンカツ屋に決めたわけである。

明日も仕事があるのでお酒は飲まない。

差栄子は編集者の仕事は、萠理と話していると、とても大変だなと思う。日頃はそんなに悩むことがない差栄子であるが、萠理と話していると、仕事のことでも、プライベートでもいろいろなことがあるということを思い知らされる。

差栄子は鯛三と付き合っているが、あまりトラブルなどはないので、悩むこともない。

反対に、萠理はかなり考えている。

まだ若いと差栄子は思っているが、萠理は若いのにしっかりしていると感じることもある。

一人暮らしをしている萠理は、生活費で給料の大部分を使ってしまう。差栄子も同様である。少ない給料から少しでも貯めていかないと、貯金などは出来ない。そのために仕事を辞めるわけにもいかない。

「そろそろお開きにするか」

「そうしましょう」

「明日も仕事あるしね」

「明日も大変ですよ」

二人はお店を出て、駅に向かった。差栄子は夕飯は済んだので、これから少し買い物して家に行こうと思った。

「お疲れ様」

「それじゃーね」

「また明日」

差栄子は萠理と別れて、電車に乗った。駅に着くと、駅ビルを少し歩いて、欲しいものを買おうと思った。

折り畳み傘が壊れてしまったので、とにかくそれを買おうと思っている。風が強くて壊れてしまったのだ。折り畳み傘がないと急な雨には対応できない。仕事に行くときは必ず持っていく。打合せや面接で外出する仕事もあるので、その時にも活躍するのである。

駅ビルに行くと、小さな雑貨屋さんにかわいい折り畳み傘があった。これにしようと思って、購入することにして、レジに向かった。レジには体格の良い、おばさんがレジを打っていた。

「これにします」

「九百八十円です」

「えっ安いですね」

「今日は二十パーセント引きなんですよ」

「そうなんですか」

思いがけず、差栄子は安く買うことが出来た。なんてラッキーなんだと思って、少し浮かれた。

なにせ生活費はカツカツなので、少しでも安いのは嬉しい。今日は家に帰ったら家計簿を付けることにした。

家に帰って、テーブルに家計簿ノートを出して見た。給料は手取り十八万円。家賃が五万円。光熱費などが四万円。残りで、食費といろいろな経費を出している。はっきり言って、余裕はない。たまに一万円くらいは残ることもあるので、貯金は数万円ある。たった数万円の貯金を使うわけにもいかないので、贅沢などは出来ない。

トラブルに巻き込まれたりしたら払うお金はない。

はあっとため息をついて、ノートを閉じた。これじゃ、病院にも行けないな。そう思った。明日はまた仕事である。とにかく朝が早いので、寝ることにした。

7

今日の仕事は、編集の仕事があってから打合せと会議である。仕事なので発言することに重点を置いている。とにかく発言していかなくてはならない。内容は二の次で良い。

それに仕事を片付けていかなくてはならないので、物事がスムーズにいくようにはからいをする。いろいろなことがあって、物事を処理していかなくてはならない。

雑誌を作ることも仕事なので、とにかく完成させることが目標である。会議では差栄子は女性であることで、いつも、端っこの方に居る。そしてあまり発言することはない。自分では発言することに重点を置いているので、言うこともあるが、あまり多くない。がんばっていろいろなことを発言していこうと思ってはいるが、実現があまり出来ないでいる。

しかし、与えられている仕事はかなりあるので、それを処理していくことは得意である。編集という仕事も毎日のことなので、慣れている。電話の応対も慣れたものである。

毎日メールがたくさん来るので、それを処理していく。ビジネスであるので、私情は挟まない。それも得意である。

仕事が終わってから携帯を見ると、鯛三からのメールが来ていた。今日、食事に行こうという内容だった。

いつもの待ち合わせの場所に七時ということであった。一時間くらいあるので、また買い物でもしようと思った。駅ビルをぶらぶらして、喫茶店に入って、少しすると七時であった。

「差栄子は今日どうだった」

「忙しかった」

「俺も忙しかった」

「とにかく美味しいものを食べに行こう」

「今日はどこ行こうかな」

今日は焼き肉屋に行くことにした。美味しい焼き肉屋があるので、そこにすることにした。焼き肉屋は少し遠い。

久しぶりに、差栄子は焼き肉にするので、嬉しくなったが、お金が心配になった。

「俺が払うからいいよ」

「ありがとう」

「焼き肉は嬉しいよね」

「美味しいし」

行きかう人を見てみると、サラリーマンが圧倒的に多い。

ここはオフィスが多い所なので、そうなのである。

鯛三はそのサラリーマンに紛れても全く違和感がない。差栄子はそのことが嬉しかった。

しかし、差栄子はサラリーマンといっても色々あるのを知っている。給料が安い人もいるし、高い人もいる。鯛三はどちらかというと高いほうである。ボーナスも数十万円くらいは出る。だからこうやって、食事に連れていってもらえるのである。

「仕事大変だよね」

「そうだね、休みたいよ」

「でも生活もあるしね」

「簡単には辞められない」

「意外と仕事も楽しいものだよ」

「それはあるね」

「やりがいもあるし」

「辞めたら何したらいいのか分からない」

「そうだね」

鯛三の様子を伺いながら話をしていると、少し疲れているように感じられた。仕事は本当に大変だなと思った。きっと男性だろうと女性だろうと変わりはないのだな、そう思った。

だから、たくさん食べるということで焼き肉である。毎日仕事ばかりでは、つまらない。いろいろなことがあって、遊びもあって、毎日を過ごしたいのである。でも、仕事を辞めてしまうとすることがないというのは事実である。仕事を辞めたら何したら分からない、そういうことはある。

「仕事疲れるよね」

「そうだけど、やりがいもあるよ」

「達成感はすごいよね」

「何かを成し遂《と》げたときの達成感はすごいよ」

「ものすごいこともあるものね」

「仕事だからね」

いろいろなことがあって、仕事があって、というのが理想であるが、仕事ばかりになってしまうのが実際である。

そうといっても、トラブルは嫌である。

仕事の疲れは、こうやって食事をすることが一番癒される。

長時間働くこと、それはアスリートに近い。アスリートは体を動かすのが主であるが、仕事は考えることも必要である。

鯛三は毎日の仕事の中で、いろいろ学んでいくのだが、最近は学ぶことにも疲れている。差栄子と食事をすることが、今、一番楽しみである。

差栄子は自分の理想の女性である。仕事もしっかりするという女性が好きなのである。仕事をする女性のほうが、結婚したあとに、生活の心配がないからである。そんな理由で仕事をする差栄子が好きなのである。

もちろん性格も申し分ない。優しいところが好きである。

鯛三は、差栄子との食事のために時間をあけている。本当はもっと残業しなくてはならない時もあるが、そんなときでも時間をあけている。仕事で忙しくても、差栄子との食事などは楽しみなので、時間をあける。

焼き肉屋はとても混んでいた。

「今日は焼き肉だから、嬉しい」

「たくさん食べられるからね」

「仕事は忙しいけど、こういう食事をすれば癒されるね」

「そうだね」

「焼き肉は食べ放題のコースにしようよ」

「疲れているからね」

「お酒は飲まなくていいけど」

「えっ、飲まないの」

「うん」

「明日疲れちゃうし」

「そっか」

「朝、起きられないかもしれないし」

「明日も仕事だ」

「そうなんだよ」

「何もトラブルなければいいけど」

「そういうことがあると大変なんだよね」

「そうだよね」

焼き肉は大好きである。とにかくカロリーをとりたいときには良い。鯛三は焼き肉で嬉しいので、上機嫌になっている。

仕事では厳しいこともあるので、気分が落ち込むこともあるが、こうやって、差栄子との食事をすることはとても楽しいことなのである。

サラリーマンをして十年くらいは経っているが、いろいろなことがあった。辞めていった同僚もいる。次の職場で活躍していると思っているが、どうしているかは定かではない。毎日、会話をしている同僚が突然辞めていなくなるということもある。

そういうことを経験しながら十年過ごしてきた。いろいろなことがあって、大変である。仕事をするということは、一生のうちでは、とても重要なことなのである。気軽に辞めるというわけにもいかない。十年くらい経ってみると、もうそんなに考えることもなくなっている。とにかく時間が過ぎればよい、そういう考えになってくる。細かいことがとても気になるけど、そういうこともどうでもよくなってしまう。

仕事を続けていくという決断はしているので、毎日、通勤しているのである。とにかく生活があるので、仕事を辞めるわけにはいかない。辛くて辞めたくなるときもある。それでも、頑張って仕事をしていくということは生きがいにもなる。辞めてしまったら何もやることがないのでかなり暇になってしまう。

差栄子も編集者の仕事をしているが、仕事は至って普通なのである。辛い時もあるし、やりがいを感じるときもある。何かトラブルがあったときなどは辞めたくなるときもあるが、それでも編集者を続けることは、自分の生活の中で、一番重要な部分になっているからである。それが突然なくなってしまったら、やることもないし、とても暇になってしまう。もちろん生活のためというのがあるが、それだけではないのである。

しかし、差栄子の密かな夢は専業主婦である。それは夢であって現実からは程遠い。鯛三がいるが、今の状態を変えようとは思わない。結構いい歳になってきたので、夢のままでいいのかは疑問でもあるが、現時点では変えようとは思わない。

二人は焼き肉屋を出ることにして、お会計を済ませ、店を後にした。今日は楽しい夕飯だったな、また鯛三と夕飯を食べたいな、そう差栄子は思って鯛三の方を見た。

「また来ようね」

「そうだね」

「ここがいいかもしれない」

「良かったよね」

もう辺りは暗くなっていて、車は多く走っているが、ライトばかりが目立って、そんなによく見えない。

鯛三も、夕飯は美味しかったのだが、仕事の帰りなので疲れている。

8

金色のライトはキラキラしていてとても綺麗だが、視界を遮《さえぎ》っている。夜の大通りは、人もまばらで、仕事で疲れた人が多い。仕事で疲れているためか、大声で話をする人も居る。

道の反対側には、珍しく子供連れの親子が歩いている。サラリーマン風の人が多いので、とても目立つ。キラキラしているお店の看板の明かりは、眩しくて、夜の街を彩っている。

こんな夜であるが、なんだか鯛三はうれしくなった。差栄子が隣にいるということが幸せである。人もまばらであるが、自分たちが一番目立っているように感じている。

いろいろな仕事をしていく中で、沢山の経験をしていくことになるが、それもこういう夜があるからやっていけるものであるのだ。仕事で大変な思いをしても、キラキラしている夜があれば、なんでもやっていけると、気合が入るものである。店の明かりを見るたびにいろいろなことを忘れることが出来るし、沢山の思い出も蘇ってくる。

それだけで、たくさんの言いたい事なども差栄子に言うことが出来るし、満足になるものである。向こうに小さな明かりが見える。目を凝らして見ると小さなソフトクリーム屋であった。単価の安いソフトクリームを売るということなので、沢山売れなければ利益は出ないであろう。鯛三と差栄子はソフトクリームを食べて行こうと思った。

小さな明かりはどことなく儚《はかな》げで、支えてあげたくなるものである。ソフトクリームを二つ買って、このソフトクリーム屋を後にした。

明日は鯛三も差栄子も仕事である。そろそろ家に帰ろうと思った。二人のところに、可愛い猫が寄ってきた。何か物欲しげに見つめている。お腹が空いているんだろうなと差栄子は思って、バックから持っていたスナック菓子を出して猫の前に置いてみた。猫はにおいを嗅いで、舐めている。かわいそうだけど、と思いながら、その場を後にした。

キラキラしている夜はこれでお終《しま》い。もう家に帰ることにした。

鯛三と別れた差栄子は電車に乗って、家のほうへ向かった。明日は仕事である。そういえば、メールが来ていたなと思って、携帯を見た。明日は打合せの時間が早くなったから、早めに来てくださいとのことであった。連絡をくれるのは嬉しい。なかなか忙しくて連絡もしてくれないことも多い。クライアントから連絡があって早くなったのであろう。打合せの準備の時間もいるので、明日は早めに出社である。

家に着くと、真っ暗な部屋の明かりを点けた。鯛三はどうしているかなと思って、携帯を見たが、連絡はない。まだ家についてないんだと思って、テレビのスイッチを点けた。テレビを点けても、明日の仕事が気になる。朝は早く行かなくてはならない。夕飯は食べてきたので、いらないし、もう何もすることがない。早めに寝ようと思って電気を消した。

9

差栄子は今日は早く出社である。朝ごはんを軽く済ませてから、家を出た。

駅まで歩いていると、よぼよぼのおじいさんが居る。杖《つえ》をついて辛そうに歩いている。私もそのうちこうなるんだなと思って、残念に感じたが、このおじいさんも大変だろうなと思った。大変なのは私だけじゃない、そう思って元気が出た。いろいろなことがあるかもしれないが、それも人生なので、しょうがない。文句も言いたくなることもあるが、我慢である。

おじいさんは、信号を待ってから、よぼよぼと歩いて行ってしまった。

どこへ行くのだろう、そんな想像もしている差栄子であったが、病院か何かだろうなと思った。

駅に着くとサラリーマンでごった返している。みんな仕事をしていると思って嬉しくなった。私だけではない、そう思えることが幸せであった。

会社に着くと、同僚の萠理が話しかけてきた。

「私、会社辞めることにしたんです」

「えっなんで」

「結婚することになったんです」

「おめでとう」

「それで、専業主婦になるために仕事は辞めます」

「そうなんだ」

「今月いっぱいで辞めます」

「そうなんだね」

「いろいろありがとうございました」

「こちらこそ」

萠理は結婚することになり、会社を辞めることが分かった。萠理とは夕飯を一緒に食べたり、いろいろ話をしたり、仲は良かった。差栄子は少し寂しくなったが、結婚するならしょうがないと思った。私もいずれそうなりたいな、そう思って、萠理を見た。

「萠理は専業主婦になることは良いの」

「楽しみですね」

「仕事辛いの」

「そうですね」

「また何かあったら報告してね」

「そうします」

萠理は笑って、差栄子のほうを見た。幸せそうな笑顔である。差栄子は少し悔しくなったが、いろいろありそうだなと思った。結婚したら幸せというのは常識であるが、そう簡単にはいかないこともある。萠理はまだ若いので、希望に満ち溢れている。これから先にあることも、期待と不安で、とても楽しみなことなのである。

萠理の結婚は差栄子には大きく影響している。自分も早くそうなりたい、そう思った。結婚したら、家で専業主婦というのが理想である。期待と不安で、辞めていく萠理は、なんとなく希望に満ち溢れ、差栄子はとてもうらやましかった。

萠理が会社から居なくなるということは、差栄子に仕事が回ってくる。そのことに気が付いたのはこの時だった。萠理はかなり仕事を抱えている。それが差栄子にすべて回ってくることになる。

今月いっぱいと言っていたので仕事が回ってくるのは来月からである。差栄子はとても大変になると思った。今でも大変なのにさらに大変になる。まだ時間は一か月ほどあるので、その間に自分の仕事を減らしておかなくてはならない。そうすれば蒴理の仕事が回ってきても対応することが出来る。早めに辞めることを聞いておいて良かった、そう思った。

こちらも準備が出来るので、これは都合が良い。蒴理はきっと、そのことに気が付いて早めに言ってくれていたのであろう。差栄子は蒴理に感謝した。とにかく今の仕事を片付けて、蒴理の仕事を受け入れる体制を作る必要がある。それでも蒴理の仕事をすべて受け入れるというのはかなり無理のあることである。

差栄子はどうしようかと思ったが、上司である、美方《みかた》係長に相談することにした。

「美方係長、蒴理の仕事が私に回ってくるんですけど、すべて受け入れることが出来ないので、仕事を分けて貰えますか」

「仕事は今、忙しいからそれは無理だな」

「えっ、私もこんなにたくさんの仕事は無理なんですけど」

「そんなこと言ったら仕事にならないから、やってもらう」

「残業しても良いということですね」

「そうだな」

「最近はあまり残業していなかったけど、蒴理の仕事が来たら、残業します」

「それでお願いします」

「分かりました」

今日はこれから、クライアントとの会議である。資料を揃えて、現場に向かった。いろいろなことがあるので、それをすべて確認していく。こちらの説明もいるので、それについても調べている。クライアントの会議はいつも通り、トラブルもなく、終わった。終わってから資料を整理して、話し合いのまとめなどをして、今日の仕事は終わった。

10

今日は定時に上がるので、終わってから一人でご飯を食べて帰ろうと思った。

一人で会社を出て、美味しいトンカツ屋さんのほうへ向かった。トンカツでも食べて景気づけしようと思った。その先を曲がったところにトンカツ屋はある。一人で食事することに、戸惑いはない。もう慣れているので、一人でも大丈夫である。

トンカツ屋に入ると、サラリーマンでごった返している。お酒を飲んでいる人も居る。その中で、差栄子はちょこんと座り、トンカツ定食を頼んだ。給料日まであと一週間である。意外と使わないものなので、まだ余裕はある。平気だなと思って、ビールを頼んだ。

余裕があると言ってもたくさん貯金出来るほどはない。給料を一か月ですべて使い果たす、という感じで生活している。今の給料は満足している。残業があれば、残業代がつくので、多めになるのである。一応、社員ではあるが、女子であるので、昇進などはあまり期待できない。下っ端の編集者を続けるしかない。

仕事が増えるということが分かったので、自分の仕事を整理しなくてはならない。そうしないと大変なことになるので、スケジュール帳を開いて、今後の仕事の予定などを見た。クライアントとの会議は毎日のように入っている。もしかするとこれが倍くらいになるかもしれない。そうすると、残業は今よりも増えるであろう。資料の整理などの時間も要るので、帰るのは遅くなるだろう。

ビールを飲みながら、そんなことを考えている。

美味しいトンカツは、差栄子の細い体の栄養源である。これがないと、仕事にもならない。仕事をしていると、とにかく太ることはないので、かなり食べることにしている。差栄子はこんな生活を続けているので、太らない。どちらかというと痩せ気味である。

蒴理はあと一か月で辞めていってしまう。さらに仕事が増える。体力は少しは自信はあるが、痩せ気味なので、これ以上痩せるわけにはいかない。仕事が増えたら、もっと痩せてしまうので、今以上に食べなくてはならない。トンカツ屋に来ることは、体力維持にも役に立っている。揚げ物が食べたくなるので、トンカツ屋は最高である。

毎日出勤していると疲れることもある。楽そうに見えて意外と楽ではない。走りまわることはないかもしれないが、一日中動きっぱなしである。仕事をしないとすることがないし、生活もあるので続けている。

生活は一人なので、身軽ではあるが、仕事をしないと成り立たない。仕事をすることで、痩せ気味ではあるが、今は問題はない。たまに揚げ物が食べたくなるというのはあるが、病気もない。萠理が辞めると仕事がまわってくるのは明白で、今以上に残業が増えるであろう。帰りが遅くなるので、大変である。

差栄子はなぜ編集者になったのかというと、仕事が楽そうだったこと、本が好きだったこと、自信はないが、なにかやりたかったこと、生活のために高給な方が良かったこと、その他にも理由はあるが、それで編集者を選んだのである。女子でも出来ることである、それもある。女子なので、一般企業で昇進していくことはかなり無謀なのである。それならば、高給で、やりがいもある、編集者が良いと思った。

文学には興味はものすごくあるが、自信はない。それでも編集者をやってみると、意外と出来るものなのである。得意分野で仕事をするのが理想ではあるが、そうは言っていられない場合もある。一人暮らしをするために高給な方が良いし、見栄えもよい仕事である。忙しいことも多いけれど、一人なので、あまり制約もない。子供が居るわけでもないし、家族が居るわけでもない。

残業して遅くなったとしても、一人なので、全く平気である。むしろ残業して給料を上げたいものである。一人なので頼る人も居ない。

11

今は実家は貧乏である。母は心配しているが、応援してくれている。一人で居るのを心配して、早く結婚して欲しいと願っている。母も父も一応仕事をしているが、貧乏で、給料も安い。安い給料で生活しているので、子供を裕福にしてあげることは出来ない。たまに仕事がなくなることもある。継続して仕事があるわけではない。そんな実家なので、子供を支えることもままならない。

実家を出て一人暮らしをしている差栄子であるが、苦労している母と父をみると私も頑張らなくてはと思うことも多々ある。しかし、女子であるが故に、あまり頑張ることも出来ていない。

差栄子が大学に行くころは裕福であった。まだ父が会社を経営していたからである。父の会社が倒産してから貧乏になった。すでに差栄子は家を出ていた。裕福なうちに家を出たので、貧乏な実家は知らない。差栄子が家を出てから、会社が倒産して、実家は貧乏になった。実家は夫婦二人だけになったので、安い給料でもやっていける。

母は差栄子のことがとても心配で、いつも気にかけている。たまに段ボール箱に野菜を詰め込んで、差栄子に送る。そのくらいしか出来ることはない。差栄子がいないことで貧乏になったというのもある。子供が居ないので、もういいだろうと思ったのだろう。しかし、母も父も高齢になってきている。そろそろ年金を貰う歳でもある。そんな母から電話がかかってきた。

「父さんが入院することになったよ」

「どうして」

「よくわからないけど、腫瘍《しゅよう》があるみたいだよ」

「手術するの」

「そうみたいだよ。」

「お見舞いにきてね、差栄子」

「そうだね」

「またね」

父は結構高齢になっている。差栄子が家を出てから、すっかりやる気もなくなって、会社も倒産してしまったのである。

父は最近ではアルバイトのような感じで仕事をしていたらしい。

しかし、高齢なので、給料は安く、そんなに働くことも出来ない。

父は寡黙な人で、なにも差栄子に言ったことはないが、会社を経営していたので、生活は裕福であった。母は最近ではアルバイトのような感じで仕事はしているが、それも給料が安い。父の会社が倒産してから働き始めた。

今まではほとんど専業主婦だったので、仕事をするのは初めてに近い。それでも何年かは仕事が続いている。母は元気らしい。

差栄子は久しぶりに母から電話がきてうれしかったが、やはりあまり良い話ではなかった。便りがないのが良いしらせとは言うが本当にそうである。父が入院すると聞いて、差栄子はお見舞いに行こうと思った。久しぶりに会えるし、母にも会うことが出来る。

父がしているアルバイトのような仕事は、入院のために辞めることになったらしい。いつまでかかるのか分からないし、とにかく一度辞めることにしたみたいである。母も働いているので、看病もあるが、生活は大丈夫である。

母は仕事を続けるらしい。仕事をしながらの看病になるが、父はそれで良いと思っていると言っていた。生活があるので、母の安い給料でも、足しにはなるのである。今、母が辞めてしまうと、生活は成り立たない。

会社が倒産してからというもの、実家は貧乏になってしまった。安い給料でも貧乏ではあるが、生活が出来るので、夫婦二人の生活は、父と母の安い給料でまかなっていた。

それが、母だけの給料でしばらくはやっていくことになる。母の給料は安いと言っても、生活は出来るのである。もちろん多少の節約などは欠かせないが、父が入院しても母の給料で生活出来る。それに父が会社をやっていたころの貯蓄が少しだけはある。だから、今のところはあまり心配いらない。

差栄子も編集者の仕事をしているし、働いていないわけでもない。父が入院するまで一週間ほどあるので、その間に父にも会いたい。いろいろなことが交叉《こうさ》して、忙しいが、すべて考えている。

差栄子は父のことは心配であるが、母も心配である。私が何かしなくてはならない、そんなことも感じる。何かできるかというと、差栄子も生活がギリギリなので、お金の協力は出来ないが、いろいろ手伝うことくらいならば出来る。父にも母にも恩返しがしたい、そんなことも思う。

小さい頃、父と母からはとても可愛がられていた。父は会社を経営していたので、貧乏ではなかった。大学にも行かせてもらった。いろいろな事を考えながら日々生活をしていたが、仕事をすることは嫌であった。だから、しばらくは仕事をしなかった。しかし、時間が経つとあまりにも暇で、仕事を始めたくなったのである。それならば編集者がいいと思った。

父も母も賛成で、一人暮らしすることも了承してくれた。とても優しい父であったので、安心して毎日を過ごすことが出来ていた。そんな父が入院するのである。やはりこれは、お見舞いに行かなくてはならない。仕事も大変だが、時間を作って行くことにした。

昔、父はこんなことを言っていた。

「差栄子、将来はどうするんだ」

「考えてない」

「きちんと考えなさい。そうしないと、失敗するかもしれないよ」

「そうだね」

「将来を自分で考えて行動してくことが大事だ」

「わかった」

「成功することを考えるんだよ」

「そうだね」

差栄子の将来を案じている父であったが、とても優しかった。怒るということも殆どないという、温和な人であった。子供であった差栄子は父と遊ぶことも多かったので、かなり仲良しである。

そんな父も、もうかなり歳を取って、今回は入院である。

差栄子はいろいろ考えることもあるが、父がこんなに優しいので、甘えてしまい、あまり本気でやっていかないところがある。父が会社を経営していたということが、安心につながり、本気を出さないのである。今では会社は経営していないが、そんな安心感が差栄子を駄目にしている。

それでも編集者の仕事はとても面白いので、続けている。もちろんとても忙しいので大変であるが、そんな父に甘えてばかりはいられない。父は基本的に優しい。何をしても許してくれる。それどころか、迎えにきてくれたり、いろいろなことをしてくれる。

やはり社長だなという感じである。

父にお世話になっているのはいつものことで、何かあるとすぐに助けてくれる。

しかし、差栄子もかなり大きくなり、大学を卒業してから十年以上経っているので、今となっては疎遠になっていた。疎遠というのは言い過ぎでもあるが、あまり連絡もしてなかった。そんな父が歳をとって、具合が悪くなった。これは、今度は差栄子が手伝うべきである。

編集者の仕事をしながらお見舞いに行くことになると、その時は思った。母が一人になってしまうが、それも心配である。母も高齢になっている。仕事をしているが、心配である。母はとても優しい。父と同様に、差栄子にはとても優しい。怒られたことなどはない。甘やかしているというのが正しい。

母はずっと専業主婦であった。父が会社経営を辞めてから、仕事をするようになった。それまでは、ずっと主婦で家に居た。差栄子は一人っ子なので、愛情は差栄子に向けられていた。多少おてんばでも、全く怒られたことなどない。

母は何か迷っているとすぐにアドバイスをくれた。母なりの意見ではあるが、参考になった。母は特にお金に困っているという様子はない。父から生活費をもらっていたからである。父は会社経営だったので、かなり裕福に生活が出来ていた。母も苦労したことなどない。苦労をしたことがないので、最近仕事をしているが、かなりこたえている様子である。それでも仕事を辞めることはなく続けている。

　父が会社経営を辞めてしまったので、母が頑張るしかない。

12

　今は仕事一筋である母だが、専業主婦のときは絵を描いていた。もちろん趣味であるが、とてものめり込んでいた。数時間かけて絵を描いて、差栄子に見せていた。

　ある時、絵画コンクールに応募したい、そう母は言い出した。新聞に載っていた絵画コンクールに応募することにした。一枚、絵を描いて、気に入らないと言って、もう一枚描いた。それを、郵送して、応募した。三か月後、封書で結果が来て、銀賞ということであった。母はとても喜んだ。金賞ではないが、少し認められているということが嬉しかった。母はそれから、沢山の絵を描いていた。

　それを差栄子は見ていたが、しばらくすると、その絵がとても嫌になった。印象に残ることが多く、それが嫌だった。母の絵は、数枚あるうちの一枚、とても良い絵があった。差栄子はその絵がとても印象的だった。

父が入院すると言って、差栄子はとても心配であるが、母も心配である。差栄子が一人暮らしを始めてからは母の絵を見ることもあまりなくなった。

母は仕事をしているが、近所のスーパーである。もちろん時給なので、給料は安い。それでも母一人が暮らしていくには大丈夫である。一か月の給料は大体十五万円ほどなので、一人が暮らすには十分である。スーパーではレジをしている。たまには品出しなどもすることがあるが、大抵はレジである。

レジをしていると、母はお客さんを見て、いろいろな人がいるもんだと感じている。しつこいお客さんもいるし、文句を言ってくるお客さんもいる。そういう人に対応していくのも仕事である。さまざまなわがままを聞いてあげる、そういう接客も、レジには必要なのである。

レジには一日に二百人は来る。一人一人の顔を覚えているわけではないが、毎日くるお客さんは覚えている。毎日、牛乳を一本買っていくお客さんや、たまごを一日一パック買っていくお客さんもいる。毎日のことなので、お客さんも、慣れている。母は毎日のようにレジにいるので、すでに近所では有名人になっている。あそこのスーパーのレジの人、そういう風に覚えられている。

母はスーパーの仕事は楽しいので好きらしい。

毎日忙しく仕事をしているのが性に合っている。何もしないで、ぼうっとしているのは、あまり好きではない。時間があれば絵も描くし、仕事もする。いろいろなことをしているのが好きである。スーパーではいろいろなことがある。お客さんが倒れてしまったりすることもある。そうすると、救急車を呼んで、対応していく。

スーパーではレジなので、お金はしっかりしなくてはならない。仕事が終わる頃に、金額を合わせるのだが、これが間違っているのが嫌である。間違っていると、そこら辺に一円が落ちていないか見てみる。そうすると、落ちている場合もある。そうやって、毎日レジの金額は合わせていく。途中で両替などもするので、合っていなくても、自分のせいではないということもある。余りにも違っているというのは、何か間違っている。

スーパーでは品出しなどもする。安い食材などはすぐに売り切れる。棚に商品がないというのは、かなりの問題なので、すぐに品出しをする。しかしあまりにも安いものはすぐに売り切れてしまうので、しょうがない。

そうやって毎日仕事をしている母であるが、給料はあまり高くない。一人が生活するには足りる金額なので、不満はないが、差栄子は心配である。母はかなりこたえているが、仕事は楽しい。父が入院すると決まってからも、仕事は続けている。母から電話が来てこんなことを言っていた。

「差栄子、仕事は大変なのかい」

「楽しいけど大変だよ」

「母さんも仕事は大変だけど、楽しいよ」

「そうなの」

「仕事を頑張ってほしいからね。差栄子には」

「頑張るよ」

「編集の仕事というは難しいの」

「そうだね」

「母さんのパートはそうでもないよ」

「スーパーだもんね」

「母さんも頑張るからね」

「そうだね」

「スーパーはいろいろあって楽しいよ」

「編集はそうでもない」

「レジももう覚えたし、簡単だよ」

「編集の仕事は結構難しい」

「そっか」

差栄子は編集の仕事をしていて壁にぶち当たることもある。それも頑張って続けている。母は差栄子に頑張って欲しいと思っている。いろいろあっても頑張って仕事を続けて欲しい、そう願っている。

13

差栄子は父の入院に付き添うことにした。父はもう歳を取って、よぼよぼになっている。腫瘍があるということなので、検査などもしなくてはならない。父は差栄子にこう言った。

「ありがとうね。心配かけるね」

「大丈夫だよ」

「仕事を休んで来てもらっているからね」

「仕事を休めていいんだよ」

「そうかい」

「仕事を休める大義名分があるからね」

「そうだね」

大きな病院はどことなく寂し気であるが、父はあまり様子を変えることもなく、病室に入って行った。歳を取るということはどういうことなのか、若い差栄子には全く分からない。

父は今までとても頑張っていた。会社を経営していたので、いろいろなことを考えなくてはならず、大変であった。ありがたいことに、会社は安定していて、収入も多かった。父は仕事一筋であったので、あまり差栄子に関わることもなかった。ただ、会社を経営しているということで、生活の安定は保障されていた。生活の安定がある中での生活というのは、心配することも少なく、悩みなども一切ないので、やる気も生まれない。窮地に立たされていたほうが、いろいろ考えることも多いだろう。

十年くらい父に頼っていた差栄子であるので、父への感謝は計り知れない。恩返しをしたい、そう思うことも多い。今回の入院では、少しでも手伝うことで恩返しが出来るのである。

病院の窓から見える景色は、とてもかなしくて、青空もくすんでいる。遠くに高層マンションが見えるが、遠慮がちに聳《そび》え立っている。キラキラしている海も見えるが、どこか寂し気で、白い靄《もや》がかかっている。高層マンションはまだ新しいようで、とても綺麗である。これから生活が始まる、そういう雰囲気である。それとは引き換えに、病院というのはとてもかなしい。どこか居づらいという感覚も生まれる。早く家に帰りたい、そう願う気持ちが湧《わ》いてくる。父はそんな気持ちの差栄子を、あまり気にすることもなく、ベットに横たわっている。

父はキラキラしている海を見ることもなく、差栄子に言った。

「今日はありがとう。気を付けて帰るんだよ」

「父さんもしっかりね」

「そうだね」

「ありがとう」

差栄子は父をおいて病院を出た。父は差栄子のことをとても可愛がっていた。たった一人の娘であるので、とても贔屓《ひいき》にしていた。差栄子も父のことは大好きである。病院においてくるのは少し心配であるが、早く治って欲しい。

差栄子は病院からすぐのコンビニに入って、飲み物を買うことにした。朝から父に付き合っているので、何も飲んでない。さすがに、買って帰ることにした。何にしようかと思って、陳列棚を見てみたが、飲みたいものはなかった。でも、何か飲まなくてはならないので、コーヒーにすることにした。アイスとホットがあるので、どちらにしようかと思ったが、アイスにすることにした。コーヒーにいつも飲まない。でも、今日は飲みたい気分だった。

14

久しぶりのコーヒーはとても美味しかった。コーヒーを飲んでいると、携帯電話が鳴った。

「テレビ局ですけど、この度、編集者の特集をすることになりまして、雑誌の編集者の方にお願いしています。収録は明日で、当番組の視聴率は五パーセントほどです。お願いできますか」

「えっ、本当ですか」

「どうかお願いします。インタビュー形式で五分くらいです」

「わかりました」

「会社のほうへ迎えに行きますのでよろしくお願いします」

「はい」

差栄子はテレビに出ることになった。たぶん、少し映るくらいである。明日ということで、とても急な話だ。インタビュー形式ということだが、そういうこともあるかと思っていたので、たぶん完璧に話すことが出来るだろう。

テレビの収録はとても緊張すると思った。

仕事でいろいろな人に携帯電話の番号を教えているので、かかってきたと思ったのだが、どこからきたのだろう。明日収録になった。仕事を一旦抜けて、収録に行く。時間にしたら一時間くらいであろう。明日は完璧にメイクをしていこうと思った。いつもはナチュラルメイクなので、化粧が薄い。明日は濃いめのメイクにしていく。

番組の視聴率を言ってくれるのはとても有難い。どれだけの人が見るのかなんとなくは分かるので、視聴率を知っているのは嬉しい。今まで一度はテレビに出てみたいと思っていたので、今回の話はとても嬉しいものである。

いつもは見ているだけなので、なんか有名人になれるのではないか、そんな気もしてきた。少し映るだけなので、有名人になれるわけはないが、体験としては面白いものである。テレビについては、いろいろ妄想をしていたので、あまり驚かない。自分が出ることなども妄想していた。いつかはテレビに出てみたい、子供の頃から思っていた。やっとその夢が叶うのである。

今日と明日なのでとても急ではあるが、喜んで行こうと思った。

テレビを見ていると、どうしても出たい、子供の頃からいつも思っていた。見るたびに出たい、そう思うのである。自分がテレビに出ている所を想像してみたり、スターになった気分で、振舞ってみたりして遊んでいた。

明日は少しいつもとは違った格好で行く。いつもよりお洒落で、きちんとしている格好である。インタビューなので、面白い格好では駄目である。きちんとしているのが大切だ。そうしないとオンエアされない可能性もある。あまりにも駄目なものはオンエアされないだろう。せっかく収録するのだからオンエアしてもらいたい。そのためにはしっかり考えて、洋服を選ばなくてはならない。あまり変な格好も出来ない。

初めての経験であるので、どんな様子かは分からない。でも、とても楽しみである。テレビに出るということについては素人なので、いろいろ考えてしまう。きちんと話をすることが出来るか、どのような内容で話をしようかなどと、頭の中でいろいろ考えて、準備する。編集者についての質問なので、日ごろのことを話せばいいだろう。日ごろ、編集者として働いているので、そのことを頭の中でまとめる。雑誌担当なので、校正のことなども、まとめている。しかし、テレビなので、フランクに話せばよいだろう。

明日はとても楽しみである。家に帰ると差栄子は、編集について、紙にまとめてみた。それをもって、現場にいく。テレビにでるだけなのだが、一応しっかり対応する。ギャラが出るというわけではないが、いいのである。子供の頃からの夢でもあったし、そんなことはよい。化粧もしっかりしていこうと思った。

テレビ出演というのは、めったにあることではない。母や父にも言っておこうと思った。自宅で出演の番組を録画する準備もしよう。今までいろいろな芸能人などを見ていて、とてもうらやましかった。そうやってテレビに出るということは憧れでもある。私はテレビに出たかったというのは大げさであるが、なんとなく夢でもあった。

入院している父にも報告しようと思った。入院している父はたぶん暇を持て余しているだろう。なにか話題があれば面白いと思う。

今日はゆっくり寝て、明日へ備える。寝る前にテレビを見て、少し勉強してから寝ることにする。少し出るくらいでそんなに準備することはないのかもしれないが、失敗したくない。

明日がとても楽しみである。

朝になって、さっそく会社へ電話をした。

「今日はテレビの取材が入っていて、午後、仕事を抜けるのでよろしくお願いします」

「わかりました」

「数時間で戻ってきます」

「会社の秘密のようなことは言わないでくださいね」

「そうですね」

職場へ着き、仕事をはじめて数時間してから、携帯電話が鳴った。

「これから迎えに行きますのでよろしくお願いします」

「待っているのでお願いします」

「予定通りの進行ですので、数時間で戻ってこられます」

「わかりました」

少しすると、ワゴン車のような車で迎えに来た。それに乗り込み、スタジオまで行く。都内なので車ですぐである。スタジオに着くと、椅子が置いてあって、ライトもあった。

「ここに座ってください。インタビューしますので、答えてください」

「わかりました」

椅子に座って、ライトに照らされた。ライトがとても眩しくて、目が開けていられないような感じである。

「編集の仕事で、トラブルなどはどのような感じですか」

さっそくインタビューされる。いくつかの質問があって、それに答えて、収録は終わった。

「会社まで送ります」

「わかりました。お願いします」

車に乗り込み、会社まで送ってもらう。終業時間まではまだある。今日はもう仕事などはする気はおきないが、雑用を片付けようと思った。書類の整理などをして、終業時間になった。

病院に居る父はどうしているだろう、テレビに出るということを報告したい、そう思って、電話をかけた。

「父さん、元気」

「元気だよ。あまり食欲がないけど」

「私、ちょっと前に、テレビの収録したんだよ」

「えっ、テレビに出るのかい」

「そうだね」

父さんは大きい溜息をついた。

「オンエアされるのかな」

「そうだと思うよ。録画の準備もしているよ」

「退院したら録画をみたいな」

「見ようね」

「元気だから心配しないで」

「わかったよ」

携帯電話を切った。元気だとは言っているが声には元気がない。やはり病院に居るからだろう。父が心配ではあるが、明日も仕事である。

オンエアは三日後なので、録画をしておく。オンエアを見るのが楽しみである。どのような感じに映っているか、早く見たい。仕事から帰ったら見ようと思った。テレビに出るということは何か反響があるかもしれない。仕事場で話しているのは、また収録を頼まれるということ。一度、テレビに出たら、またあるということである。編集者についての取材などは、よくあることなので、もしかすると、今回だけではないかもしれない。いろいろな媒体で、編集者についての記事などもあるので、テレビだけではないかもしれない。一度受けたら何回もあるのかも、差栄子はそう思った。

三日経ってから、オンエアの録画を見ることにした。どんな感じだろう、わくわくしながら、録画を見た。意外と美人に映っている。しっかりと答えているので、見た感じはいい。自分がテレビに出ていることが嬉しくなった。

「テレビに出ているの嬉しい」

思わず部屋で一人で叫んでしまった。もうオンエアは済んでいるが、あまり反応などはない。会社で話題になるくらいである。しばらくしてから母から電話が来た。

「差栄子、テレビでてたじゃない」

「そうだよ、収録したんだよ」

「すごいわね」

「編集者のことで出たんだよ」

「母さんは偶然見たよ」

「そうなんだ」

「突然差栄子が出てるからびっくりしたよ」

「そうだろうね」

「テレビ見てたら、差栄子だ、って感じだよ」

「ははは」

「父さんの所にはこないだ行ったよね」

「そうだね」

「父さんも平気だからね」

「また行くね」

電話を切った。母はとても元気そうであった。母の仕事はスーパーなので、結構大変である。休みもあるので、電話が来たのである。

私はテレビに出てしまった、なんだかそわそわして来た。また何か言われるかな、そう思った。

また電話が鳴った。鯛三である。

「差栄子、この間、夜テレビを見ていたら、差栄子が出てたんだけど」

「そうなの、テレビの収録をした」

「えっ、そうなんだ」

「編集者のことで取材があって」

「びっくりしたよ」

「録画しているから」

「今度見せてよ」

「面白かったよ」

「良かったね」

「またね」

鯛三は笑っていた。差栄子はこんなに連絡くることに、驚いている。みんな見ているんだな、そう思った。明日、差栄子は仕事である。普通に出勤であるので、今夜はこれで就寝する。

15

朝、母から電話があった。

「今日、夜、食事でもしない」

「いいよ、仕事終わってからね」

母はなんだか声が疲れている。スーパーの仕事は大変なんだろう。朝からスーパーに出て、仕事をしている。スーパーでは品出しからレジからかなりの仕事量である。時給であるので、一か月で十数万円の給料である。それで、母一人は生活しているので、辞めるわけにもいかない。

十時開店の店なので、九時半には出勤である。時給は十時からでるが、準備があるので少し早めに行く。十時の開店に合わせて、お客さんが店の前で待っている。かなりの行列になることもあって、とても人気のある店だ。

遠くの方から、自転車でやってくる。自転車を置くスペースもある。ぎゅう詰めに自転車が置かれ、倒れてしまうこともあるが、あまりトラブルはない。今日も行列が出来ていて、大きな買い物カゴを持った、奥様たちがお喋りをしている。たまに大きな笑い声がする。奥様はどこかおしゃれにしていて、身ぎれいにしている。一応、お出かけするということなのだろう。アスファルトを照らしている太陽がギラギラしていて、行列も長い。待ちくたびれて、座り込む人も居る。

「今日の特売はたまごだって」

「そうなの」

「でも一人一個らしい」

「えっ残念」

「たくさん欲しいけどね」

「そうよね」

奥様たちがそんな話をしている。とにかく安いものを買いたい、そう考えてこの店にくる。特売の品もたくさんあるので、ここは人気がある。今日の特売はたまごと、なすと、たまねぎである。たまねぎは一個十円。袋に詰め放題になっている。差栄子の母は、レジと品出しが仕事だが、特売の準備は店長と副店長がしているので、あまりすることがない。レジで打つのが主になるので、十時の開店にレジに居ればよい。

「たまねぎ詰め放題だって」

奥様が言っている。

「一人一袋だって」

となりの奥様が言っている。

「たまねぎ十円って安いよね」

「この間なんて、一袋三百九十五円だったよ」

「しかも五個しか入ってないし」

「五個じゃ足りないわよね」

「うちなんか家族六人だから、もっと大入りのが欲しい」

「そうよね」

最近では、一袋のたまねぎの個数が少ない。核家族用になっているからである。三人くらいの家族を見ているために、鮭などの枚数も三枚くらいである。

開店まで待っているお客さんが並んでいるが、店の中では従業員が準備に追われている。差栄子の母はレジに居ればいいので、あまりすることはないが、開店と同時にレジにお客が来るので、レジの準備をしなくてはならない。入社してから、すぐにレジの講習を受けているので、もうすでに習得している。わからないことがあれば、レジのリーダーに聞いたりして、対応していく。

スーパーの仕事は大変だがやりがいもある。レジをするにしても、いろいろなことを学ばなくてはならないので、しっかりしなくてはならない。レジでは、お客さんにいろいろなことを言われる。それに対応していくのも仕事である。

「今日はたまごが安いけどなんで一人一個なの」

「そのようになっていますので、お願いします」

「もっと欲しいんだけど」

「すみませんが、一人一個でお願いします」

そのようなクレームも言われる。いちいち対応していくのは大変であるがしょうがない。レジではお客さんとのトラブルなどもある。

「袋が切れてしまうからあと袋を二枚ちょうだい」

「わかりました。あと二枚ですね」

「ありがとう」

このような対応もしていく。差栄子の母はレジであるが、もうかなり習得している。わからないことがあれば、リーダーなどに聞くこともあるが、入ってからもうかなり経つので、レジは得意になっている。最近のレジはバーコードであるので、ピッとするだけでよいし、バーコードのない野菜などはボタンを押すだけでよい。それを八時間ほどするので、足などはパンパンになってしまう。あまり歩くということはないが、レジにずっといるので、人ともかなり会う。一日で何百人というお客さんに出会う。

いろいろな人が居るもんで、文句を言ってくる人も居るが、ずっとレジにいると顔を覚えられるので親しげに話をしてくる人も多い。いろいろな人と話をしながら、レジの仕事をするが、いろいろな人と話をするのはあまり得意ではない。

「あっ、このキャベツいらないわ」

「わかりました」

差栄子の母は、いろいろなことに対応していくのは苦手であるので、リーダーに相談していくことも多い。相談しながら対応していく。レジについてから、だいたい四時間くらい経ってからお昼休憩である。お昼休憩は一時間あるので、ゆっくりできる。休憩中は特にすることもないので、お喋りをしたりしている。

それから午後の仕事だが、午後もレジである。ずっとバーコードを打っている感じである。あまりトラブルもなく一日を終えて、今日は差栄子と夜は食事である。

16

仕事が終わってから差栄子に電話をした。

「差栄子、仕事終わったから、待ち合わせ場所で待っているよ」

「私ももう終わりそうだから、待っていて」

「わかった」

今日は差栄子も残業をしないみたいである。食事に行くのはよくあることで、母と差栄子はよく夕飯を一緒に食べる。今日は六時過ぎに待ち合わせである。

「今日は仕事疲れたけど、何食べようか」

「何がいいかな」

「イタリアンにしようか」

「それがいい」

「私ピザがいいな」

「ピザ食べられるところにしよう」

「この先にあったよ」

「そこにしよう」

イタリアンの店はとても混んでいて、並ばなくてはならない。並ばなくてはならないがお喋りをしていればすぐである。ワインもあるみたいで、差栄子はワインも頼もうと思った。

「ピザって久しぶり」

差栄子はお腹が空いているので、ピザが楽しみである。

「ワインも飲みたい」

明日は仕事であるが、少しくらいならいいだろうと思って、頼むことにした。母は何か悩んでいる様子だった。

「今日、スーパーを辞めるよう言われたんだよ」

「えっ、なんで」

「不景気なんだって」

「スーパーでそんなわけないよ。スーパーなら平気だと思うけど」

「そうだよね。母さんもそう思ったんだけど、そんなこと言われた」

「無視しちゃえば大丈夫だよ」

「そっか」

「一回くらい言われたぐらいで、言うこと聞いちゃ駄目だよ」

「そうだね」

突然、そんなことを言われて、悩んでいる様子である。でも、母さんは元気にこう言う。

「スーパー辞めたくないからね」

「父さんも病気だし、辞める訳にもいかないし」

「そうだよね」

「とにかく、もっと居られるように言ってみるよ」

「そうしなよ」

ピザが美味しいのだが、そんな話を聞いて母が心配になった。差栄子からすると、そんなことは平気だと思った。なぜなら、差栄子もあるからだ。

「私もそんなことあるよ」

「えっ、そうなの」

「でも大抵、無視しちゃって、流れるから平気」

「そうなんだ」

「母さんもそうしなよ」

「そうする」

差栄子は母が大丈夫かと思った。そういうことがあるということで、かなり世渡り上手でないと、うまくいかない。差栄子の母は、あまり今までそういう仕事はしていないので、このようなことがあるのは、今回が初めてである。

父が社長だったので、パートに出る必要もなかった。今になって、仕事をしなくてはならない。スーパーの仕事は楽しいが、そんなことがあると悩んでしまう。

仕事というのはいろいろなことがあるので、対応していくのは難しい。自分次第であるので、間違った考えであるとうまくいかない。母は、今度上司に言ってみようと思った。差栄子の話を聞いているとどこでもあることなので、あまり落ち込んでもいられない。普通のことでもあるので、しょうがない。仕事をしていればいろいろある、それを学んだ。

「母さん、大丈夫」

「大丈夫だよ」

「仕事辞めない方が良いよ」

「そうだね。父さん入院しているし」

「また父さんのところに行くね」

「そうだね。父さんも喜ぶよ」

母さんはスーパーの仕事が楽しい。いろいろ悩みなどはあるが、仕事をしていると張り合いもある。スーパーでの仕事は生活のためなのだが、それ以上にやりがいもある。

「明日は仕事だよ」

「私もだよ」

差栄子はピザを食べながら、明日のことを考えていた。そういえば萠理が辞めてしまう。仕事がこちらに回ってくるのである。そのことを思い出していた。

17

差栄子は朝起きてから、仕事に行くまでの間、スマホを見ていた。最近はスマホがあるので、情報は何でも入る。仕事の連絡などもスマホを活用している。何か連絡が来ている、とりあえず返信した。そうしたら電話がかかってきた。

「テレビ局ですけど、出版社についての取材があるので、出演してもらえませんか。番組の視聴率は六パーセントですが、お願いできますか」

「えっ、またですか」

「またなんですか」

「そうなんです。こないだもあったんです」

「どうしてもお願いしたいのですが」

「わかりました」

「すぐなんですが、明後日、会社へ迎えにいきますので」

「わかりました」

またテレビに出ることになった。一度あることは二度あるという感じである。編集者や出版社についての取材などは私に来ることになってしまう。

そういえば、テレビに出ても何も変わらない。周囲も変わらないし、自分も変わらない。私ならば安心であると思われてしまった。でも、テレビに出るというのはとても楽しい。仕事も途中で抜けられるし、撮影現場もすごく楽しい。行きと帰りは車で送ってくれるし、大変なことは何もない。何か自然と振舞えるし、苦労することは何もない。出るたびに連絡がくるということはあるが、それだけである。

今度は何を言おう、そんなことを考えている。前回は、普通に話してしまったが、今回は少し楽しいことを言おうかな、そう思った。マイナスな話題はあまり言うのはやめよう、そう思った。明後日と言っていたので、明後日は仕事を抜けて、テレビの収録に行く。今度は少し長めらしい。対話形式で、取材を受ける。テレビは初めてではなくなったので、なんとなくわかっている。普通の段取りで収録は進む。それが後日放送されるというわけである。

そんな連絡が来てから、仕事へ行く。今日は蒴理の仕事の受け継ぎがある。

「差栄子さん、私が辞めるから、仕事お願いします」

「わかっているよ。たくさんあるけどね」

「すみません」

「私は残業が増えちゃうよ」

「そうですよね。大変ですね」

いろいろな仕事が残っている。一つずつ説明を聞きながら、ノートにまとめる。これもやらなくてはならないんだな、そう思ったら、とても大変な気がしてくる。辞めるまでは数週間くらいはあるので、実際仕事を受け継ぐのは数週間後である。

「いろいろ大変ですが、よろしくお願いします」

「大丈夫だよ」

「結婚おめでとう」

「ありがとうございます」

「仕事のことは気にせず、満喫《まんきつ》してね」

「ありがとうございます」

まだ二十代そこそこの萠理であるが、意外としっかりしているため、あまり心配はいらない。結婚するといっても、まったく心配などない。結婚することを躊躇《ちゅうちょ》する人も多い中で、踏み切ることが出来るのはうらやましい。萠理はまだ若いから勢いもあるし、結婚についても、すぐに決めたわけである。仕事をしているが、あまり気にしていない。仕事を続けていくよりもそのほうが良いのである。一人で仕事を続けていくよりも幸せだし、楽しいだろう。いろいろなことがあるかもしれないが、とても良いことなのである。

差栄子の場合は躊躇しているほうなので、なかなか難しい。差栄子も結婚への憧れは十分あるが、なかなか実際には踏み切れないでいる。歳も三十を超えているので、遅くなってしまうのが気になっているが、いずれは結婚したいと思っている。

蒴理は若いうちに結婚することになっているので、そのような悩みなどはこれからもないだろう。蒴理の気分はかなり浮かれているが、仕事の最中はあまりそのような態度はみせない。仕事はしっかりやってから辞めよう、そう思っているのである。

しかし、仕事は差栄子が受け継ぐことになっているし、残業してでもやってくれと言われているので、差栄子は頑張らなくてはならない。今の仕事と蒴理の仕事が両方になるのである。クライアントとの会議なども多くなるだろうし、面談なども多くなるだろう。取材することも増えると思う。仕事のしわ寄せが来るが、しょうがないと割り切るしかない。とにかく割り切って、仕事を片付けていく。どれだけ大変になるかは、想像していない。仕事をしてみてから分かることである。

蒴理は幸せなので、あまりそのことを気にもしていない。辞めてしまうので、どうなってもよい。いろいろ仕事は多いので、とても大変なのだが、差栄子は頑張るつもりである。今よりも残業が増えるだろうし、休みも返上かもしれない。それでも生活もあるので、頑張るしかない。

差栄子は仕事に対しては真面目である。一生懸命やってミスがあればしょうがないが、とにかく完全に仕事をこなすことを考えている。ミスというのはかなり許容されることも多いので、そのことを気にせず、頑張って仕事をする。

仕事の内容は多岐に渡る。会議で発言しなければならないこともあるし、書類に記入していく作業もある。パソコンでまとめることもあるし、面談をすることもある。取材をして記事にすることもあるので、いろいろな人に会う。写真家の人に仕事を頼んで記事にすることも多いので写真家の知り合いも多い。

その他にも雑用がある。

お昼にはみんなでランチするので、コーヒーを入れるとかそういうこともある。社内のかんたんな清掃などもする。仕事が多岐に渡るので、やりがいはあるがとても忙しい。残業しても終わらないということになるだろう。残業は今のところ夜の七時までしているが、蒴理が辞めたら、もっと遅くなるだろう。

五時が終業なので、二時間の残業が普通になっている。残業手当がたくさんつくのが嬉しいが、忙しいのは歓迎していない。

蒴理が辞めることで忙しくなる、それはもう分かっていることである。

そのことは心に留めているが、どうなるかは予想していない。仕事について予想することなど、なかなか難しいのである。イレギュラーな仕事もあるし、仕事が減ることもあるだろう。イレギュラーなことが多いと時間ばかりかかってしまい、仕事は増える。

仕事での知り合いと食事をすることもある。誘われることが多いので、一応顔を出す。そうなると残業後に食事であったりするので、帰りは十二時過ぎることもある。

女性にとってはなかなかハードな仕事である。

家庭をもっていないのにそこまで仕事をするというのは、なんとなく馬鹿らしいと思うこともあるが、一人暮らしであるので、自分が大変になってしまうため、この仕事を頑張るしかない。編集者の仕事を選んで正解だったと思うことも多い。とにかくやりがいはあるので、毎日が楽しい。辞めようと思うことはあまりない。辞めたいといいながら続けるという人いるかもしれないが、差栄子はそういうタイプではない。辞めたかったら辞める、続けるなら続ける、そのようにはっきりしている。

しかし、辞めようにも、一人暮らしなので、簡単には踏み切れない。次の就職先が決まっていればいいが、今の状況はそうではない。

しかも、次に就職してもうまくいくとは限らない。仕事というのはいろいろなことがあるので、トラブルに巻き込まれることもある。その影響で、仕事を続けることが出来ない、そういうこともあるのである。今が順調ならばそのままの方が良い。次がうまくいかなかったら、生活も出来ない。簡単に辞めることなどできないのである。

「萠理、頑張ってねこれからも」

「そうですね。失敗しないように頑張ります」

「失敗？」

「あっ結婚ですよ」

「あっそういうことね」

萠理は二十歳そこそこで、結婚するために、今後離婚ということもあるかもしれない。そのことに差栄子は気が付いた。それでも結婚するということに、差栄子は驚いた。

だから私は結婚できないいんだな、そう思った。結婚する前から離婚するということを気にしていては、全く無理である。

ましてや、子供もいるのに離婚するということになれば、とても大変なことである。子供が居るとなると、自分一人では生活できないと思うので、結婚にはあまり踏み切れない。そういうことを想像してしまうので、差栄子は結婚できないでいる。結婚したいとは思うが、そこまでこだわっているわけでもない。絶対結婚したい、そう思えばするかもしれない。結婚することで良いことがたくさんある、そういうことは知っているが、マイナスなことを考えてしまうので、踏み切れない。

萠理のことが少しうらやましかった。萠理がとても幸せそうで、私も結婚したいなと、素直に思った。仕事は忙しくなりそうだが、これから、テレビの収録である。そういえば迎えにくるらしい。今回は二回目なので、段取りがわかっている。視聴率は六パーセントと言っていた。お昼を食べてそろそろ迎えに来る。

18

携帯電話が鳴った。

「これから行きますので」

「わかりました」

「下に来ていてください」

都内なので、車の移動もすぐである。十分くらいで現場に着く。迎えにくるのもすぐである。しばらくすると車の迎えが来た。前回とそんなに変わらない。車に乗ってスタジオに行く。スタジオに入ると、カメラやライトがあった。

「ここに座ってください」

「質問しますので答えてください」

着々と収録は進む。

「出版社でのトラブルなどはどのようなことがありますか」

「メールや電話で、文句を言ってくる人などがいますが、それに対応するのにマニュアルがあります。そのマニュアル以外の対応が大変ですね」

「雑誌などの編集はどれくらいかかりますか」

「月刊誌を担当していますので、一か月で仕上げればいいですね」

質問はたくさんあった。前よりも長い。いろいろ考えて答えていくが、なにせ何を聞かれるかわからないので、準備もしていない。失言がないようにするのが精一杯である。

「それでは収録終了になります」

「車で送りますので、準備お願いします」

帰ろうと思って廊下を歩いていると憧れの芸能人であるNさんが通り過ぎた。芸能人なのでオーラがある。握手やサインをしてほしかったが、現場なので躊躇して遠慮することにした。

Nさんはマネージャーと一緒に歩いていた。丁度、収録に来ているのであろう。憧れの芸能人に会えたので差栄子はとても嬉しくなった。また、収録に来たいな、そう思った。そういえばオンエアは数日後である。

仕事もあるので、直接は見られないが、録画をしておく。数日後がとても楽しみである。明日も仕事であるが、わくわくしているのは止まらない。何か反応もあるかもしれない。そう思って、帰りの車に乗り、会社へ帰った。会社へ帰ると、雑用が残っているのでそれを片付けて、終業となった。仕事が終わると携帯が鳴った。

「鯛三だけど、今日ご飯食べない」

「いいよ。一時間後に待ち合わせ場所でね」

「わかった」

19

鯛三に会うのは一週間ぶりくらいである。なかなかこちらも忙しいので、会うのが難しい。鯛三はどうしているかな、楽しみになった。

「待った」

「いや、今来たとこ」

「今日はなに食べよう」

「カレー屋がいいな」

「それならそうしよう」

カレー屋は駅ビルの中にあるので、とても近い。鯛三に報告しようと思った。

「この間、テレビの収録があったんだけど、芸能人も見たんだよ」

「えっそうなんだ。面白かった？」

「面白かったよ。オンエアがとても楽しみ」

「いつなの、オンエア」

「明後日だよ」

「結構すぐなんだね」

「そうだね」

「芸能人ってオーラがあって、すごかったよ。近寄れない感じ」

「へぇ」

「憧れのNさんに会ったよ」

「良かったね」

カレー屋は空いているのですぐに入ることが出来た。たまにはカレーが食べたくなるが、一人暮らしなので、作るのも億劫《おっくう》である。そんなときはここに来て、カレーを食べる。

「鯛三は忙しいの」

「すごく忙しいよ。毎日残業だよ」

「今日は」

「今日は残業なしで帰ってきた」

鯛三は毎日残業なので、少し疲れているようにも見えた。しかし、何も変わらず、いつもの調子である。トラブルのようなものもなさそうだ。

「今度の休みに、横浜のみなとみらいに行こうよ」

「デートスポットだね」

「いろいろあるから楽しいよ」

「休みを合わせるから」

「私も合わせるからね」

鯛三は休みを合わせてくれるらしい。カレーを食べながら、鯛三のことを見ていた。鯛三は三十代らしく、きりりとしている。サラリーマン風という感じで、スーツが似合っている。「仕事で忙しくなりそうなんだよ」

「なんで」

「同僚の萠理が辞めるから」

「大変だね。それは」

「残業してでもやってくれって言われた」

鯛三は差栄子が女性なのに、仕事一筋であることに感心した。差栄子も生活があるので、仕事一筋になってしまう。きちんと仕事をしている、そのことを鯛三は評価している。

「テレビも出ちゃったし」

「面白いね」

「またあるかもしれない。一度あると、すぐに頼まれるから」

「そうだね」

「他の取材なんかもくるかもね」

差栄子がテレビに出たことを鯛三は面白がっている。鯛三もオンエアを見てみようと思った。

「今度、一日休みを取って、会おうね」

鯛三は差栄子と一日会えるということが嬉しかった。日頃は仕事をしているので、あまり会う時間もない。一日一緒にいられるというのは、楽しみでもある。

「それじゃ帰るか」

「うん」

今日も仕事で忙しかったが、こうやって差栄子に会えるということが鯛三の今の楽しみでもある。駅ビルの中にカレー屋はあるので、駅には直結である。駅に直結なので電車にはすぐに乗れる。遠くのビル群を見ながら、電車に乗り込む。

「すみません」

「ここあいてますか」

よぼよぼである老人が聞いている。今、いくつくらいなんだろう。八十歳くらいだろうか。差栄子はまだ三十代なのでこのような老人のことは分からない。きっと疲れて座りたいのだろう、そのくらいしかわからない。老人が話かけてきた。

「今日は病院行ってきたのよ」

もうかなりの歳なので、体の具合も悪いのだろう。

「大変ですね」

差栄子は何を言っていいのかわからず、そんな返答しかできない。

「孫が今度小学生になるから、いろいろ買ってやらなきゃいけないし」

差栄子はそのようなことは全く分からない。何を言っていいのか迷った。

「小学生って、大きいですね」

次の駅で差栄子は降りるので、もうこの老人に会うことはないだろう。何か寂しくなったが、しょうがない。

「それでは降りるので」

老人の健康を祈りながら、電車を降りた。電車を降りると人の群れに紛れて、駅を出て行く。家まではすぐである。

20

次の日、仕事に行く時に鯛三に電話をかけた。

「休み決まったから連絡するね」

「次の日曜は休みになったよ」

「俺も休みだからみなとみらい行こうよ」

「そうしよう」

日曜になって、待ち合わせ場所に行く。鯛三はまだ来ていない。あと十分くらいはあるかな、そう思って、辺りのお店をふらふらしている。

「まった」

「そうでもない」

「それじゃ、いこう」

東京からみなとみらいまでは電車で何回か乗り換えて一時間くらいである。みなとみらいに関して、あまり詳しくないが、きっと面白いだろう。横浜のほうに行くのはとても久しぶりである。

「仕事大変だよね」

「そうだね、いろいろあるしね」

鯛三の仕事も大変らしい。差栄子も大変である。横浜の景色はとてもキラキラしていて、遠くに見える海岸線が眩《まぶ》しい。海がこんなに近くにあるんだ、そう思って感動する。横浜を歩く人たちも、なんだか優雅で、余裕が見える。カップルも多いので、やはりデートスポットなのである。仲良さそうに歩く、カップルが、はしゃいでいる。アイスを買ったりも出来る。とても広いみなとみらいは、人があまり多くなく、とても歩きやすい。

建物に入ると、高級そうなお店が多い。贅沢な気分になって、満足する。近くに見える海は、潮風のにおいがして、海が近くにあることが嬉しい。遠くの海には船が見える。一つではなく、結構たくさんの船がある。海上スキーをしている人もいる。遊覧船もあるので、船に乗ろうとすれば可能である。

「どこいこうか」

「なにか食べたい」

「それなら、カフェでもいいかな」

「そうね」

お洒落なカフェがたくさんある。どこでもいいと思ったが、どこも結構値段が高い。

「素敵なカフェね」

「ここがいいかな」

鯛三はなんだか優雅な気分になって、お洒落なカフェに入ろうとしている。カフェの店内はとてもお洒落で、座っているお客さんもどこかお洒落な感じがする。窓から見える景色は、海なので、癒される。飾ってあるオブジェなども、どこか違う。このカフェに決めて、差栄子と鯛三は入ることにした。

「何頼もうかな」

「サンドウィッチも食べたい」

「ココアにしようかな」

窓から見える海は太陽に照らされてキラキラしている。今日はとても良いお天気なので、雲一つなく、青空が続いている。空の青と海の青が混ざって、綺麗な、感動する景色になっている。なかなか東京では見られない景色である。そんなお洒落なカフェで食事など、贅沢かもしれないが、たまには良い。とても癒されるし、楽しい。

「横浜って綺麗《きれい》でいいね」

「そうだね。あまりこないしね」

今日は一日、鯛三は差栄子と一緒にいる。これがとても幸せなのである。鯛三にとって、差栄子といることはこの上ない幸せなのである。

「このカフェお洒落ね」

「そうだね」

サンドウィッチがきたので、ココアと一緒にいただく。こんなランチはとても幸せである。

「これから仕事が忙しくなりそうなんだけど、残業が多くなるから、大変」

「大変だね」

「萠理が結婚するからなんだけど」

「そうなんだ」

このお洒落《しゃれ》なカフェにずっといたい、そう思った。しかも、隣には差栄子がいるし、こんな幸せな時間はない。鯛三は差栄子とずっと一緒に居たいと思った。

しばらくこのカフェにいたが、そろそろ退散することにした。カフェを出て、横浜の街を歩く。

潮風にあたって気持ちがいい。

「あの船、乗りたい」

「遊覧船だけど、乗ろうか」

海に浮かぶ船に乗ることにした。数百円で乗ることが出来る。船に乗るなんてほとんど初めてである。遊覧船の乗り場の受付の横にはクレープ屋があった。

「クレープ食べたい」

クレープを買って食べることにした。ふわふわのクレープはとても美味しい。少し待って、船に乗り込む。

「十五分くらいで着くよ」

船に乗っている時間は十五分である。波に揺られて、気持ちがいい。鳥もたくさんよってくる。すぐに着いてしまうのが少し残念だったが、とても面白かった。船に乗るなんてめったにない。波に揺られて、とても気持ちがいい。

横浜の海はとても綺麗で、遠くに見える船なども、とても美しい。十五分くらいで対岸に着くので、時間は短い。

「船なんてめったに乗れないよね」

「そうだよね」

「今日は良い日になったね」

「そうだね」

船はもうすぐ対岸に着く。このような夢のような時間はあまりない。仕事ばかりしていると、そんなことはなく、大変なことばかりである。毎日の疲れが癒されるような気がした。

「もうすぐ着きます」

船の中で放送が流れる。鯛三とのデートはとても楽しい。このような体験も出来るので、とても有意義でもある。船を降りると、駅が目の前にあるので、そこから帰ることにした。横浜でのデートはとても楽しかった。また来たいと思った。

21

昨日はデートだったが今日は仕事である。朝から母に電話をした。

「父さん、元気にしている？」

「意外と元気だよ」

「今日帰りにお見舞い行くから」

「わかった。母さんも待っているよ」

母さんはスーパーの仕事があるが、終わってから病院に来るらしい。差栄子も仕事が終わってから病院に行く。今日は残業せずに終わらせるつもりだ。電話を切って、慌てて用意をして家を出た。

仕事はまだ萠理が居るので忙しくなく、普通である。そのうち居なくなるので、引き継ぎをして、仕事が増える。そのこともあるが、今日は病院にお見舞いに行く。

仕事が終わって、病院へ向かう。父は元気にしているだろうか。夜八時までに行けば、面会は出来るので、急いで行く。病院に着くと母さんもいた。

「父さんどうしてる」

「普通だよ」

「今日スーパーの仕事だったんでしょ」

「そうだよ。上に人に言われたって言ったけど、平気だったよ」

「そっか。良かったね」

「まだスーパーで仕事が出来るから大丈夫だよ」

「安心した」

「でも、いつまた言われるかわからないからね」

「そうだね」

「ほんとに仕事が出来なくなったら、他のところ探すから」

「無理しないでね」

「でも生活あるからやらないと」

病室に父さんの様子を見に行く。

「父さん、元気?」

「元気だよ」

「手術あるの」

「一週間後に手術があるよ」

「そうなの」

一週間後に手術があるようで、準備をしている。腫瘍があるので、それを取り除く。簡単な手術なので、あまり長引かないみたいである。

「頑張ってね」

「大丈夫だよ。すぐだから」

終わったら経過をみて、すぐに退院できそうである。良かった、大丈夫だ。差栄子は思った。詳しいことを知らなかったので、そんなに簡単であることに驚いて、安心した。

母さんは相変わらず、スーパーでの仕事を頑張っている。

「スーパーの仕事は面白い?」

「そうだね。面白いね。いろいろな人がいるしね」

「頑張ってね」

「差栄子も頑張るんだよ」

母のスーパーは繁盛《はんじょう》しているので、仕事がなくなるという心配はない。ただ、本人のミスなどが原因での解雇などはあるかもしれない。もう数年働いているので、仕事に関しては、詳しくなっている。スーパーではほとんどレジをしているが、品出しや、その他の雑用もしている。レジではいろいろな人と接するので、トラブルなどもあるが、それに対応して行くことが面白いと感じている。

ここで長く働きたい、そう思っている。生活のために働いているが、いろいろ大変なことも多いので、苦労しているが、父が病気になってしまっているので、しょうがない。父も会社経営を辞めているので、母が頑張らなくてはならない。

「スーパーは続けたいから」

「そうなの」

「いろいろあるけど面白いしね」

「そっか」

父が退院したら、もしかすると父も何か仕事が出来るかもしれないが、今は母だけの力で生活しなくてはならない。父が会社を経営していたときからの貯蓄も少しはあるが、それだけでは生活は無理である。

スーパーでの仕事は、単純なことが多いので、仕事を覚えることについてはあまり大変なことではない。レジを覚えて、品出しを覚えて、接客も覚えて、それを毎日することで、慣れていく。母はもう高齢であるが、それでもスーパーの仕事は出来るものである。

時給であるが、大抵は一日居る。八時間労働である。八時間労働で、一か月働くと、約十八万円で、そこから社会保険が引かれる。手取りは十四万円くらいである。それで一か月生活するのだが、かなりギリギリである。父の力も欲しいところである。父は退院したら暇になるので、何か出来るであろう。

手取り十四万円で一か月生活するが、少しでも仕事を休むとそれが減ってしまう。とにかく休むことは出来ない。少ない給料で生活しなくてはならないので、ぎりぎりまで働きたい。本当ならば正社員になって、生活するのが理想であるが、今は時給である。時給でもしっかり働けば、生活が出来るので、それでやっている。

八時間仕事をするということはかなりきついもので、家に帰ってくるとぐったりしてしまうが、それでも辞めることは出来ない。

父が元気になるまではとにかく働く。父が元気になったからといっても、仕事が出来るまで回復するとは限らない。仕事が出来ないかもしれないのである。ということは母の力で生活するしかないので、頑張るしかないのである。

時給であるということで、時間単位で入ることが出来る。減らそうと思えば、五時間くらいにすることも出来る。収入は減るが少しは楽になる。八時間、時給で働くというのは、社員と同等になるので、かなり良い。時給であると言っても、十八万円くらいにはなるので、時給であることにこだわりはない。正社員になりたいと思うこともあるが、時給でも満足である。

パートなのでボーナスはない。正社員ならばボーナスもあるかもしれないが、パートはない。その点、正社員のほうが良いと思うが、今の状況を変えるというのはかなり勇気のいることである。新しい所へ行って、成功するとは限らない。すぐに駄目になってしまったり、トラブルなどがあって、駄目になってしまったりする可能性も十分ある。母はそんなことを考えながら、パートを続けている。

母は正社員になってみたいと思うこともあるが、今の状況を変える勇気はない。時給が例えば千円だとしたら、一か月で十八万円ほどになるのである。これで長く続けていくということが、生活も安定していくし、理想である。例え正社員になったとしても十八万円ほどであるということは変わらないかもしれない。そこからいろいろ引かれて結局手取りは十四万円くらいであるので、それで一か月生活していくのである。

スーパーでは品出しやレジをしているが、それも覚えてしまえば簡単なことである。最初は、教えて貰ってから、はじめているが、教えて貰ったら、もうわかっているので、簡単である。分からないことは聞けばいいし、難しいことはあまりない。母はもう入ってからかなり経っているので、仕事は覚えている。

トラブルなどもあるが、それに対応していくのも面白い。スーパーではいろいろなお客さんが居る。差栄子の母はいろいろな人と友達のように接する。

「これは、いくら安いの」

「十パーセント引きですね」

「もっと安くならないの」

「ポイントカードがあればさらに五パーセント引きになりますね」

「そうなの」

「この間買った、セーターとても良かったのよ」

「そうなんですか。」

「だからここでまた買いたいの」

「ありがとうございます」

スーパーではたくさんの人が居るので、いろいろと面白い。それも仕事のやりがいになっている。トラブルを処理するということもあるが、それに対応するためのマニュアルなどもあるので、あまり難しくない。

母はマニュアルを勉強しているので、対応も簡単である。マニュアルの勉強はスーパーに入ってからすぐに行った。とにかくいろいろな事案に対応していくことが仕事なので、勉強をする。レジについてもマニュアルもあるし、教えてくれる人も居るので、最初に勉強している。

一日スーパーにいると、いろいろなことがあり、毎日疲れてしまうが、それも仕事なのでしょうがない。仕事というのは何もしないというわけにはいかないのである。作業をしたり、レジをしたり、いろいろなことをして一日過ぎていく。

差栄子の母は八時間いるので、かなり長い時間である。その八時間のあいだにいろいろなことがある。もし四時間くらいであったら、レジだけして終わるのかもしれない。しかし、生活があるので、四時間では全く生活が出来ない。父の貯金も少しはあるが、生活するには全く足りない。母のスーパーでの仕事が生活を支えている。

例えば時給が上がって時給千二百円になったとしたら、月二十万円ほどの収入になる。安月給の正社員よりも高いという状況になることもある。時給であったとしても、そのくらいになることもあるので、侮《あなど》れない。

一人分の生活費であるならそれで出来るものである。もし正社員になれなかったとしても、アルバイトやパートで生計を立てるという選択肢もある。それならば安心して、一人で暮らすことが出来る。

子供がいて、家族がいて、それを養うとなればそれでは足りない。差栄子の母一人分であるならばパートで生計を立てられる。父が退院して、何かすることができれば、足しにすることができるので、それで生活は出来るだろう。しかし、母も父も高齢になっているので、なかなか難しい。年金もあるが、少しなので、あまりあてに出来ない。仕事をすることで生活していくしかない。

もし五時間くらいのパートにしたいとなったら、時給千円で大体月十万円くらいになるだろう。仕事はかなりきついので、そのくらいにしたいということもあるかもしれない。五時間くらいならばあまりきつくない。

高齢の母にとっては、それくらいがいいのかもしれない。特別大金が欲しいというわけでもないし、生活出来ればいいという感じなので、母一人の生活費くらいはそれで出すことが出来るだろう。父も元気なったら、何かしてもらって、もし無理ならば母の働きで生活することになるのである。

生活するというのは大変なものなので、正社員がいいと思うが、なにせ高齢であるので、パートでもしょうがない。高齢なのにバリバリの正社員というのは無理である。バリバリの正社員でボーナスもかなり出る、そういう仕事は難しい。高齢の母であるので、そのような仕事に就くというのは難しいが、そのようになれば生活は安泰である。

父が働かなくてよいかもしれない。

しかし、現在のパートを続けるということが安心である。新しいことを始めるというのは勇気がいることであるし、新しいところへ行って、成功するとは限らない。出来るだけ長く、今のパートを続けるということが最善である。

差栄子は母の仕事は良いと思っている。母に合っているし、そんなすごいことは出来ないであろう。

今、八時間で仕事をしているが、もっと時間を減らしても良い。そうすればかなり楽になるだろうし、苦労することもないだろう。いろいろ大変であるが、今の状況を変えるということはしたくないのである。

差栄子は母に頑張って欲しい、そう思っている。諦めないでほしい、そう願っている。

「父さん、もう平気だって」

「そうなの、簡単な手術だったから」

「そろそろ退院？」

「そうだね」

父さんが元気そうで良かった。差栄子はそう思った。あまり大ごとにもならず、元気に退院することになったので、安泰である。父が帰ってきてからどうするか、それが問題なのである。母一人の力で生活出来るのか、父は何かしてくれるのか。病気なので、無理にとは言わないが、生活があるので、どうするか考えなくてはならない。とにかく母にはパートを頑張ってもらって、それでやっていくことになるだろう。大変であるがしょうがない。

22

差栄子の携帯電話が鳴った。

「今度、収録があるので、明日打合せに来てください」

「えっ、また収録ですか」

「今度も短いですが、インタビューさせてもらいます」

「今度テレビに出るのが三回目なんですが、二回ともインタビューでしたので、今回もインタビューでしょうか」

「そうですね。アナウンサーが質問しますので。詳細は打合せで」

「わかりました」

「明日来てくださいね」

明日打合せである。なんだか有名人のような感じである。別に有名人ではないが、たまにテレビに出るというのは、すごく面白い。道を歩いていても気づく人はいない。少しくらいテレビに出たところで、知られていない。本業は編集者なので、それについての質問である。

打合せには何を着て行こう。考えていると、普段の出勤の洋服でいいやと思った。いつもと変わらないほうが似合っている。一度出てしまうと何回も誘われる。この人で大丈夫と思われるのだろう。いろいろな番組があるので、編集者についてのことは私に来ることになっている。

さっそく母に電話をした。

「母さん、またテレビに出なくちゃいけないらしいの」

「えっ、そうなの。忙しいのにね」

「編集者についての質問らしいから、答えやすいけど」

「そうなの。でも面白そうだね」

「そうね。面白いね」

「もうあなたに来ることになっているのではないの」

「そうかもしれないね」

「見るからね」

「明日打合せなんだよ」

「えっ明日なの」

「せわしないけど、明日なんだよ」

「大変だね」

「仕事もあるのに、いかなくてはならない」

母はまたかという感じで、あまり驚いていない。今回もいままでとあまり変わらないだろう。オンエアが楽しみである。

朝になって、今日は仕事が休みであるが、テレビの打合せである。普通の出勤時の洋服でいいと思って、それを着て行く。というのは、それしか洋服がない。仕事ばかりしているので、仕事用のものしかないのである。出勤時は小綺麗にしているので、それがいいだろう。

テレビに出るのは数分なので、あまり打ち合わせることもないが、一応呼ばれているので行く。家からタクシーを呼んで、打合せ場所まで行く。都内なのですぐである。打合せ場所に着くと、番組のプロデューサーがいた。

「いくつか質問がありますので、一応事前にお知らせしておきます。これを質問しますので」

「これですね」

「答えることをまとめておいてください」

「わかりました」

「数分くらいの出演になりますので、あまり長くないです」

「わかりました」

プロデューサーはテーブルの上にあるアイスコーヒーを飲みながら言った。目の前にはノートパソコンがあって、それを見ながら言っている。質問はプリントで渡された。差栄子にもアイスコーヒーが出てきて、それを飲んでいる。意外と丁寧なんだな、そう思った。

「今回の番組では編集者の方の生の声が聞きたいのでよろしくお願いします」

「もう何回目かなので、平気です」

「そうですか」

「よろしくお願いします」

「謝礼で五千円くらい出る予定です」

「そうなんですか」

「質問には詳しく答えてください」

テーブルの上にあったアイスコーヒーはもうなくなりそうである。

「何か頼みますか」

「パンケーキとおかわりのアイスコーヒーお願いします」

パンケーキが食べたいのは少しお腹が空いているからである。遠慮なくいただくことにする。パンケーキを食べるのは久しぶりである。とろとろのはちみつがかかっているのがとても美味しい。パンケーキとアイスコーヒーなんてとても贅沢である。食事でもないので、間食になるが、いつも仕事をしていて疲れているので、丁度良い。アイスコーヒーとの相性も良い。

打合せはほとんど終わっているので、話すこともなくなっているが、いろいろ聞きたいこともある。

「この番組の視聴率はどのくらいですか」

「六パーセントほどです」

「全国ネットですよね」

「そうですね」

「再放送などもあるんでしょうかね」

「今のところは決まっていません」

「最近ではいろいろなところで再放送することもあると思うので、気になります」

「今のところわかりませんね」

プロデューサーはテーブルの上にあるアイスコーヒーを飲みながら言った。

「それでは打合せは終わりにしますので、明後日の収録お願いします」

「わかりました。会社まで迎えがくるのでしょうか」

「そうですね。会社に午後一時に待っていてください」

「わかりました」

打合せは終わった。あとは収録である。明後日、収録なので、仕事を抜け出していくことにする。もう初めてではないので、様子はわかっている。もう緊張することもないだろう。

しかし、出演するのは数分なので短い。自分に気が付く人も居ないであろう。こういうことがあって、少しは楽しい気分になる。

日頃は仕事ばかりで、面白くもないので、こういうのは丁度良い。仕事も頑張らなくてはならないが、こういうテレビに出るということも少しは頑張りたくなってきた。

今回は謝礼が出るので、嬉しい。テレビに出たとしても、何も変わらない。数分の出演なので、気がつく人もほとんどいない。

でも、出ていても平気なので、これはいいのかもしれないと思い始めた。また誘われたらやろう、そう思った。明後日は仕事を抜け出していく。面白いなと思った。

23

明後日になり、朝、どれを着て行こうかと思った。いつもの出勤の服装が一番きちんとしているので、それにする。お化粧道具ももっていかないと、化粧直しが出来ない。

テレビに出演する前に化粧直しをしたい。ポーチに沢山詰め込んで、持っていく。今日は楽しいな、そう思った。仕事だけであると面白くもない。

一時に迎えにくるので、昼ご飯を食べたら、行くような感じである。朝からウキウキしてしまう。テレビの出演は面白い。今回も前回とあまり変わらないみたいである。仕事を朝、始めてから、なんだか落ち着かない。今日はテレビの収録なので、仕事にならない感じである。

雑用もたくさんあるので、いろいろ片付けながら、収録のことを考えている。あと二時間だ、そう思って時計を見た。

そろそろ昼ご飯なので、買ってきたお弁当と飲み物を出して、お昼ご飯にする。お弁当はいつもコンビニで買ってくる。自分で作るということはほとんどない。結構お弁当が安いので、それを買ってくる。事務職なので、たくさん食べることもないし、少しのお弁当で十分である。飲み物は、いつもお茶である。緑茶が好きなのでそれにしている。

コンビニに朝、寄ってくるが、いつも、同じものを買ってしまう。好きなものが決まっているので、いつも同じになってしまう。

しかも、値段を見て、安いものを買うので、決まっているものになることが多い。とにかく安いもの、それを考えてお弁当を買う。五百円は出したくない。三百五十円くらいにしたいのである。それにお茶をつけて四百五十円くらいにする。お昼はそのくらいにしたい。

会社には電子レンジがあるので、温めることができる。ポットにお湯もある。インスタントラーメンだけにしたいとなればお湯もあるし、レトルトのカレーを持って行って、ご飯も温めて、カレーを食べることも出来る。そうすれば二百円くらいになるし、いいのであるが、それでは少々可愛そうである。それで、四百五十円のお弁当にしている。

「今日、テレビの収録なんだ」

同僚に言った。

「そうなんだ、楽しみだね」

「そうだね」

同僚もお弁当を広げている。同僚は自分で弁当を作ってくるみたいである。

「一時に迎えにくるから、抜けて収録に行くんだよ」

「へぇ、面白そうだね。私にも来ないかな」

「慣れている人がいいんだよ」

「そうなんだ」

同僚の弁当はとても美味しそうである。凝った感じに作ってある。差栄子が弁当を作ると冷凍食品ばかりになってしまうが、同僚はそうではない。一品ずつ丁寧に作ってある。

差栄子は前にレトルトのカレーとパックご飯でお昼にしたことがある。レトルトのカレーは百円くらいで、ご飯もそれくらいである。それを両方電子レンジで温めて食べたのだが、なんだか貧乏のような感じで、あまりよくない。お昼がカレーであるために、次の日もカレーというわけにもいかず、一日だけで終わってしまった。

同僚がとても素敵な弁当を持ってきているので、とても羨ましく思った。差栄子は大抵はコンビニで弁当を買ってくるので、数百円のお昼である。外に食べに行くという選択肢もあるが、いちいち会社から出て、食べに行くというのはお昼休憩の時間を考えるととても面倒である。

お昼休憩はたった四十五分なので、外に行くというのは時間がない。そういうこともあって、コンビニで弁当を買ってくる。毎日コンビニ弁当というのは、飽きることもあるが、一番美味しい。四百五十円くらいでお昼が出来るので、コンビニは重宝している。飲み物もいろいろ選択肢があるので、とても嬉しい。

出勤は一か月で二十二日なので、二十二日はコンビニでお昼を買ってくる。その分のお金は給料から出るが、一番それが良いと思っている。百円くらいでインスタントラーメンだけというのはなんだか寂しいし、健康にも良くない。それが毎日となってしまうと、あまり良くないであろう。インスタントラーメンにすると、おにぎりなども食べたい。それだけでは足りないのである。

コンビニの弁当のほかに、スープをつけることもある。ポットにお湯があるので、スープをつける。コンビニにはスープがたくさんあるので、どれにしようか迷うことも多い。毎日同じスープにするというのは嫌なので、日替わりでスープを選ぶ。スープをつけないこともあるので、毎日ではない。

朝、コンビニに寄って弁当を選んで買うが、あまり種類も多くはないので、かなり同じお弁当になってしまう。それがちょっと気になっているが、それでも数百円のお弁当はとても安くて手軽である。同僚のお弁当は、豪華で、羨ましいが、そういう弁当を作ると一つの弁当で数百円はかかってしまう。手の込んだ弁当を作るとかなりかかってしまう。残り物を詰めるとかであればお金はかからないかもしれないが、豪華に手作りにすると結構かかってしまうものである。

一時まではまだ時間があるので、同僚とお喋りすることにした。

「今日どうだろうね、収録」

「楽しいと思うよ」

「失敗したらどうしよう」

「平気でしょ」

「そうだね」

「テレビって一度出るとまた誘われるものなんだね」

「断るともうこないんじゃない」

「そうかもしれない」

「テレビだから、好きなことを面白く話すのがいいよね」

「変なこと言ったらだめだよ」

「そうだね」

もうすぐ迎えにくるので、それまで数十分ある。

「今日の仕事をよろしくね。終わったら帰ってくるから」

「わかった」

「仕事はまだ大変ではないから、いつも通りだね」

「蒴理居なくなるからね」

「そしたら大変なんだよ」

「残業がすごそうだね」

「そうだね」

24

そろそろ一時なので、玄関の所で待つことにした。車が到着する。黒塗りのワンボックスカーで、中から、ラフな格好の男性が出てきた。

「これから行きますね」

「お願いします」

都内での収録なので、すぐに到着する。道は相変わらず混んでいるが、時間はかからない。数十分後、現場に到着した。綺麗なビルの入り口に車が止まり、そろそろ降りなくてはならない。車を降りて、ビルの中にはいる。中にはスタジオがあるらしい。そこでの収録である。

すぐにビルの一室に入り、収録へ向かう。椅子が置いてあり、ライトもある。収録ではいつもライトに照らされるので眩しい。

「ここに座って、質問に答えてください。質問はいくつかありますので、それぞれ答えてください」

そう言われて椅子に座った。なんだか、浮き上がっているようなそんな気分になった。気分も高揚してくる。少し落ち着かないが、座っている絵なので、動いてはならない。どうにか動かないように我慢した。

「編集者の仕事をするときに一番気を付けていることは何ですか」

「顧客の好感度を上げることです」

「編集というのはどういうものだと思いますか」

「作家などのお手伝いをして、良い本を作ることです」

「良い本というのは」

「万人が納得するような、なにか知識を得られるような、有益になるものですね」

「ありがとうございました」

これだけである。出演時間は数分にしかならない。プロデューサーのような人がきてこう言った。

「言葉が多少難しかったのと、好感度というのはあまり良くないですね」

「それでもこれ使いますからね」

「今日はありがとうございました。オンエアを楽しみにしていてくださいね」

――はぁ
今日は疲れた。これから車で帰って仕事である。

「下に車がとまっていますから」

そういわれて、部屋を出た。車はさっきのワンボックスカーである。そのままとまっているみたいである。なにせ、出演は数分なので、そんなに時間もかからない。

しかも、呼ばれているのは私だけではない。何人か居るみたいである。都内に居る人で、探しているみたいである。そうすればすぐに車で連れてこられるわけである。

「ありがとうございました」

差栄子はそう言って、車を降りた。都内を数十分走るだけで、会社へ着く。会社へ着くとさっきの同僚が駆け寄ってきた。

「どうだった?」

「うん、なんだかすぐだったよ」

「そうなんだ。短いんだね」

「そうだね」

同僚は面白がっている。

「テレビなんて私出たことないから、すごい面白いね」

「そうだね。私も最近慣れてきたよ」

同僚はテレビに出たことがないらしい。

「編集者の取材って結構たくさんあるのではないの」

「そうだね。いろいろな場面で編集者の取材などがあるかもね」

「これからも多いかもよ」

「そうだね。編集者の取材となると私に来ることになっている感じだからね」

「とにかく面白いこと言わないといけないのかな」

「面白いこと言うなんてプロだよ」

「そろそろプロみたいになるのではないの」

「そうかもね」

これから仕事である。まだ終業時間まで二時間くらいはあるので、少しは仕事が出来る。同僚は仕事に戻っていった。そこへ課長がやってきてこういった。

「テレビはどうだった」

「面白かったです」

「編集者の利益になることを言ってくださいね」

「そうですね」

「編集者の取材が来た時はこれからも抜けていいからね」

「ありがとうございます」

「それよりも萠理が辞めるから仕事を整理していかないくてはならないね」

「そうですね。萠理の仕事を引き継ぐことになっているので」

「いろいろ大変だけどよろしくね」

「はい」

差栄子は仕事に戻った。机に向かって、書類を整理して、確認する。クライアントからの書類なども確認して、これからの予定などを見る。終業まで二時間くらいはあるので、今日は書類の整理で終わってしまうだろう。

25

五時になって終業になった。これから帰るのだが、今日は鯛三に電話をすることにした。

「これから食事でもいかない」

「そうだね。俺も早く帰るよ」

「六時に駅で待っているからね」

「わかった」

鯛三はとても元気そうである。仕事が大変なので、すごく疲れているときもある。鯛三はサラリーマンなので、会社ではパソコンで仕事をすることが多い。営業なので、社外に出るときはいろいろ大変である。取引先に出向くときはいろいろ気を遣う。外を歩くということも多いので、案外疲れるものである。

「差栄子、今日は何を食べる?」

「イタリアンがいいな」

「それならばそうしよう」

「スパゲッティーの美味しいの食べたい」

「ワインもいいね」

ここからすぐのところにイタリアンの美味しいお店がある。そこにいくことにした。鯛三と歩いていると、行き交うサラリーマンも気になってくる。鯛三はこのサラリーマン達と、あまり風貌《ふうぼう》が変わらない。そこら辺のサラリーマンという感じである。残業も多い仕事なので、今日は早く帰れて嬉しい。

「テレビの収録があったんだよ」

「そうなんだ、楽しかった？」

「楽しかった」

「オンエア見なくちゃね」

「そうだね。来週だから、録画しておこう」

「きれいに映っているかな」

「差栄子は美人だからね」

「そうかな」

イタリアンのお店に入ると、いろいろなお客に紛れて、席に座った。注文をしなくてはならないので、メニューの表を見ている。

「イタリアンだからやっぱりパスタがいいかな」

「ホワイトソース系がいいな」

「前菜があるのがいいかな」

「それならコースにする？」

店内は薄暗くて、雰囲気がある。夜にデートをするにはとても相応しい感じである。鯛三は差栄子に言った。

「ワイン飲む？」

「どうしようかな。明日、仕事だし」

明日、仕事なので、ワインはあまり飲みたくない。差栄子は、今日は辞めておこうと思った。

「仕事これから大変になるんだよ」

「そうなんだ。いろいろ大変だね」

注文をして、料理が来るのを待つ。今日はワインはなしである。

「テレビにも出ちゃったし」

「面白いね」

「テレビの収録がすごく面白かったよ」

「なかなかない経験だね」

「そうだね」

「でもこれから頼まれることが多いかも」

コースのイタリアンなので、前菜が来る。おしゃれな料理で、とても美味しい。鯛三だけはワインを頼んでいる。前菜はあまり普段食べたことのないもので、少し躊躇してしまうが、美味しいのでいいのである。

「こんにちは」

鯛三は誰かと思った。見てみると会社の同僚の南《みなみ》である。

「どうしたの、南。こんなところで」

「今日ここに食事に来たんだよ」

南は鯛三の会社の同僚で、仕事を結構一緒にしている人である。営業の成績も争っている相手である。

「会社の残業を今日はしないで、食事に来たんだよ。たまにはいいし」

「仕事まだ残っている？」

「残っているよ。たくさんあるよ」

「そういえば、クライアントのZさんから連絡あったよ」

「えっ、連絡きたんだ」

「俺、Nさんに話すことがあるだよ。仕事の内容の補足説明しなくちゃいけない」

「それじゃ、明日だね」

「明日また、連絡しよう」

「鯛三は何しているの。こんなところで」

「今日は彼女と食事だよ」

「そうなんだ」

南に差栄子を紹介した。南もサラリーマン風という感じで、鯛三と同じ風貌である。南は眼鏡をかけているので、とても頭が良さそうに見える。鯛三はどちらかというとイケメンという感じである。その違いはあるが二人ともサラリーマンである。南はスマートフォンを取り出して、鯛三に見せた。

「これがうちの家内」

「へぇ、美人じゃないですか」

「で、これが、うちの子。小学生」

「小学生のお子さんがいるんですか。知らなかった」

「だから大変なんだよ。残業もたくさんしないと」

「残業代でますもんね」

「教育費がなにせすごくかかるし、小学生なのにもう携帯持っているんだよ」

「えっ、そうなんですか」

「この間なんて、オンラインゲームなんかいろいろやって、携帯代がすごくかかったんだよ。子供だからまだ分からないみたいで」

「大変ですね」

「鯛三はまだ結婚してないからな」

「そうですね」

南は、はぁとため息をついて、奥の席に座った。どうやら一人で食事に来ているみたいである。

差栄子は鯛三に言った。

「今の人、誰？」

「同僚だよ」

「すごく疲れているみたいだったけど」

「仕事、結構大変なんだよ」

「そうなんだ」

「仕事で営業の成績を争っている感じなんだよ」

「そうなの」

「俺の方がいいんだけどね。南は家族居て大変そうだけど」

「へぇ。鯛三のほうがいいんだ」

「俺は家族もいないし、プレッシャーもないし、やりやすいんだよ」

「そうだね。私くらいしかいないもんね」

差栄子は自分の仕事で頭がいっぱいであるが、鯛三のことも少し気になり始めた。サラリーマン風というのはいつものことであるが、そういう内情があるということをはじめて知ったのである。残業が多いのは知っているが、仕事の内容まではあまり知らない。営業の成績というものがあるということもはじめて知った。

「私は編集者だからそんな争うということはあまりないよ」

「そうだね。俺はあるんだよ」

「大変だね」

「南は家族がいるからプレッシャーもあるし、成績によってはボーナスの減額もあるから、必死なんだよ。それなのに俺は結構成績いいんだよね」

鯛三は仕事のことを思い出してしまったので、はぁとため息をついた。普段仕事が終わると仕事のことは考えないようにしているので、少し疲れてしまったようである。営業の成績は鯛三の場合とても良い。頑張っているわけではないが、仕事にトラブルもなく、スムーズにことが運ぶことが多いので、それで成績が良いのである。

南の場合はトラブルも多く、なかなか進まないことも多いので、鯛三のほうが成績が良いのである。奥のほうで南は食事をするようである。

「さっき奥さんみたけど綺麗だった」

「そうなの」

「家族養わなくてはならないから大変なんだよ」

「そうだね」

「俺には出来ないな」

「女の場合はそういうことあまりないからね」

「女はいいよな」

「仕事の仲間にシングルマザーがいるけど、そういう場合も少ないし。シングルマザーは自分一人で生活しなくてはならないから、結構大変みたいだけど」

「それは男がいけないね。一人にしちゃったんだから」

「シングルマザーであるということを結構隠していて、あまり話さないんだよね。話して理解してもらったほうがいいような気がするけど」

「理解してもらったほうがいいよね」

「子供が小学生くらいだから、そろそろ手が掛からないみたいで、一人で夜、遊んでいたりするみたいだけど」

「だからシングルになるんだよ」

「そうね」

「南も頑張って欲しいね」

奥のほうで、南はイタリアンを食べている。一人なのでどこか寂し気である。こうやってたまには外で夕飯を取ることで奥さんの負担を減らしているのである。毎日、夕飯を作るというのはとても大変なので、気を使っているのである。鯛三はパスタを食べながら、差栄子に言った。

「仕事が大変だな。営業の成績もあるし」

「私も大変だよ。残業もあるし」

「営業は意外と得意だから、成績はいいけど、大変なのは変わらない」

「そうなの。得意なの」

「人当たりがいいみたいなんだよ」

「へぇ」

「結構いい人のふりもするし」

「そうなんだ。そうやって営業の成績を上げているのね」

「そうなんだよ。とにかく怒らせてしまったら大変だから」

「そうだね」

「すごく気をつかうんだよ」

鯛三はワインを飲んでいる。なんとなく無礼講《ぶれいこう》のような話ぶりである。

「取引先との会議とかもすごく緊張するんだよな」

「怒らせたらだめだから」

差栄子もパスタを食べながら鯛三に言った。

「編集者はとにかく雑誌がきちんとしてないといけないから、それを気を遣う。何回か作っているといろいろ分かってくるし」

「それ以外にも雑用の仕事がたくさんあるだよね」

差栄子は髪の毛が気になって、鏡を取り出した。ついでに化粧も直したい。でも、ここはレストランなので、気を使って、あまり化粧直しはしないようにした。鯛三は鏡を見ている差栄子を見て、

――女性なんだな
そう思った。

女性が仕事をするということは大賛成であるが、なかなか難しいこともある。古い考えだと、家に入って家事をしていくというのが女性の姿であるが、鯛三は仕事をする女性のほうが好きなのである。女性にも仕事をしてもらって、生活していくというのが鯛三の理想である。家事だけではなく仕事もする女性がいいのである。

それからすると、差栄子は理想の女性であるので、差栄子のことはとても好きである。こうやってたまには食事にいくことが、鯛三の楽しみであり、差栄子と結婚するということも視野に入

れているのである。しかし、一人での生活が安定しているので、それを変えるというのは勇気のいることで、結婚には踏み切れないのである。差栄子は鯛三に言った。

「仕事が忙しくないときに、また食事にいこうよ」

「そうだね。残業しないで帰れるときに食事しよう」

「取引先もたくさんあるから、結構残業は多いからね」

「そうだね。私も残業あるしね」

「そういえば有給ってどうなっている？」

「私、たまに有給とるよ」

「俺はとらないんだよな」

「すごくたまってくるから、使わないと」

「なかなか使うの難しいの俺は」

「そうなんだ」

鯛三はワインをかなり飲んでいるが、会話はしっかりしている。

「こんどまた映画も見に行こうよ」

「そうだね。行こうね」

差栄子はパスタが美味しいので、なんだか機嫌が良くなってきた。

「他にもどこかに遊びに行きたい」

「どこがいいかな」

「お台場とかに行く?」

「いいかも」

鯛三はとても気分が良くなって、差栄子に言った。

「俺は仕事が出来るんだよな」

「ははは、そうなの」

「営業の成績も上位なんだよ。自信あるし。仕事は別に嫌いじゃない。疲れるけど。」

「いろいろ仕事は疲れるけど、私も編集の仕事は嫌いじゃない」

「一人暮らしも長いし、それで安定しているんだよな」

差栄子はなんだか複雑な気分になった。鯛三は一人で安定している。それを変えることはないのだろうと。結婚することも少しは気になっているので、残念な気分になった。

「私も一人が長いしね」

少し拗《す》ねているような感じで言った。家を出てから数年は経っているので、もう一人暮らしも長い。家で一人で居るということが、もう慣れてしまった。

差栄子は家を出て数年になるが、実際、家から出るときはあまり何も考えなかった。これからのことも、お金のことも、何も考えていなかった。でも、すでに仕事はしていたので、それで大丈夫だ、とは思っていた。仕事をしていけば平気、そう軽く考えて、家を出た。しかし、仕事をしてみると、これが大変で、

——何も考えなかったけど、一人暮らしも楽じゃない

そう思っている。一人で居るということに慣れているので、これから家族が出来たら、対応していけるかは不安である。

鯛三が居るので、もしかしたら結婚するかも、と思うことは多いが、現状を変える勇気はないので、このままである。結婚して鯛三と生活をするということを想像しようとしても、想像出来ない。ただの彼氏、そんな感じになっているのである。勢いで結婚するということはあるかもしれないが、この安定している付き合いは、このままの可能性のほうが大きい。

鯛三に聞いてみるというのも手ではあるが、差栄子もその勇気はない。差栄子も現状を変えるということは嫌である。でも鯛三に聞いてみた。

「結婚ってどう思っている?」

鯛三は突然聞かれて動揺した。

「えっ、あんまり考えないけど」

思わず素直に答えてしまった。

「私もあんまり考えない」

差栄子も思った通りに言ってしまった。

――結婚する気ないな
差栄子は思った。

鯛三の鯛は魚の鯛であるが、鯛三は魚が嫌いである。それで和食ではなくイタリアンの食事が多いのだが、差栄子はそのことも聞いてみようと思った。

「イタリアンに来ることが多いけど、それでいいの？」

鯛三はなぜイタリアンに来るのか知っているので、答えに困った。

「差栄子はいいの？」

「私はいいよ」

美味しいパスタを食べながら差栄子は言った。

それよりもさっき聞いた、結婚のことが気になった。気まずいので話題を変えたが、やはり気になる。結婚する年齢というのは若いほうがいいと思っているが、そんなに若い年齢はとっくに過ぎている。二人とも三十代後半なので、もう結婚しないと遅れてしまう。諦めるにはまだ早いし、まだ結婚できるかもと思っているが、現実の状況を変えるというのは嫌なので、踏み切ることは出来ないし、仕事も続けていきたい。仕事はとても疲れるし大変であるが、やりがいもある。

いろいろな人に出会うことも多いし、楽しいことだってあるので、仕事を通して、学ぶこともたくさんある。そういうことを考えていくと、自分にとって、一番良いことは何であるか、と問うと、仕事を頑張ることなのである。

そろそろ食事も終わったので、帰ることにした。イタリアンはよく来るが、とても美味しいので、また来てしまう。ここのイタリアンを夕飯にすることが多いので、どんな風なのかは分かっている所なのである。だから安心して、店内に入る。鯛三はイタリアンが美味しくて満足したので上機嫌になった。ワインも美味しかったので、明日からの仕事が頑張れそうである。

26

店内を出て、駅の方へ向かった。ちらちらと雨が降っている。いつも折り畳み傘を持っているので、差栄子は折り畳み傘を取り出した。

「傘持っている?」

鯛三に聞いた。

「もってない」

「私の一緒に入ろう」

二人で一つの傘である。駅までは数分なので、すぐである。

駅に着くと、人混みに紛れて、鯛三と別れた。

「またね」

「今度どこか行こう」

差栄子は電車に乗って、家まで行く。駅に着いて、電車を降りた。まだちらちらと雨が降っている。小降りなので、そんなに大変でもない。

――明日は雨かな
そんなことを思った。家まではすぐなので、雨でもあまり問題はない。雨で靴が濡れてしまうのが一番嫌である。朝、雨が降っていると数分の駅までの道のりで靴が濡れてしまうのがとても嫌である。そのために大雨のときは雨用の靴を履いていくが、小降りならば普通の靴で行く。長靴では格好が良くないので、ブーツのようなものを履いていく。大雨になると道路が冠水《かんすい》することもあるので、大変である。道路が冠水すると、回り道をして、帰らなくてはならない。そこの道路が通れないので、冠水していない道を選んで帰る。そんなことをしなくてはならないので、通勤は意外と苦労するものである。

ある時は電車が止まってしまい、バスを数本乗り継いで、会社まで行った。いつもより数倍は時間がかかったが、会社には着くことが出来た。タクシーに乗ればいいのだが、電車が止まっている時というのはとても混んでいて、タクシーがつかまらない。それでバスを乗り継いで行ったのである。

もちろんその時は少し遅れてしまったが、会社には着いたので、良かった。帰りにはもう電車は通常運転になっているので、帰りは平気である。

そんなことが通勤ではある。毎日の通勤は交通費が出るので、それは心配いらない。交通費が出ているので、タクシーに乗ることはない。電車の定期代が出ているので、タクシーには乗れないのである。寝坊をしても、電車で行かなくてはならないというわけである。

冬になると雪が降ることもある。雪が降ると、駅までの道のりが歩くのが大変になってしまうが、そこを通り過ぎれば、電車は止まるということはあまりない。都会は雪に弱いかもしれないが、電車はよっぽどでないと止まらない。しかし、大雪となれば電車も止まる。一度あまりにも大雪だったので、会社に行くことが出来ず、自宅待機命令が出たことがある。

大雪はそんなにないので、一年に一日くらいである。

明日はテレビのオンエアである。仕事なので録画をしておく。家に帰ってから見ようと思った。自分がテレビに出ているのを見るというのはあまりないことである。子供の頃からテレビに出るのは夢であったが、まさか本当に出るとは思わなかった。仕事が終わったら家で見るので、それが楽しみになった。残業もしないで帰ろうと思った。

朝、起きて、仕事に行く。少し時間があったので、テレビを点《つ》けた。普通のニュースをやっている。こうやって見ているると、テレビに出ている人というのはたくさんいると思った。一日でどれくらいテレビに出るんだろう、と考えて頭の中で試算してみたが二百人以上であると思った。

――だから私もテレビに出るんだ

そう思った。今日は萠理の仕事も受け継ぎもあるし、忙しいけど、早く帰って録画を見る。帰りの電車では、スマホでワンセグを見ているが、やはりたくさんの人がテレビに出ている。家に帰って、テレビを点けた。録画を再生する。番組が進行していく中で編集者の話題になった。インタビューアーが質問している。ぱぁっと自分が映し出された。

「あっ私だ」

思わず声が出てしまった。意外と美人に映っている。これを見ている人がどれくらいいるんだろう、自分を知ることになるのかな、そう思った。しかし、今日オンエアであったが、反響はあまりない。数分出ているだけなので、あまりないのだ。道を歩いていても振り返る人も居ないし、自分を知っているという感じでもない。

27

携帯電話が鳴った。携帯電話といってもスマホである。見ると鯛三であった。

「今日休みでテレビ見ていたら、差栄子が出ていた。また収録したんだよね」

「そうなの。収録したの」

「意外と映りがいいね」

「今回は謝礼ももらっているから」

鯛三は見たのですぐに電話をしたみたいである。

「平気？」

鯛三は心配している。

「別に平気だよ」

「たくさんの人が見るから」

「そうだね」

差栄子はテレビに出演したことが嬉しかった。鯛三の反応も良いし、両親も面白がって聞いてくる。会社でも話題になることもある。会社の人は編集者の取材であるということが、興味があるらしい。私にも来ないかな、そんなことを思うみたいである。編集の仕事は始めてから、かなり経つので、もういろいろ知っている。もはやプロなので、とても詳しい。やはり、プロは詳細まで詳しくなるということである。それを聞かれるということで、答えも出やすいし、あまり困ることもない。常日頃のことを言えばいいだけである。

仕事で編集であるということは自分が選んだ道であるが、後悔などはない。どちらかというと、これからの希望の方が多い。編集の仕事を通して学ぶことも多いし、雑誌を作るということ自体もとても楽しいものである。今では携帯電話もあるので、連絡も取りやすい。クライアントに連絡するのも簡単である。

編集の仕事は誇《ほこ》りにも思っている。それが自慢でもあるのだが、周りの人は普通の仕事であると思っている。特別なことでもないし、給料がきちんとしているからやっているんだろう、くらいにしか思われてない。しかし、差栄子にとって、編集はこれからの人生を豊かにしていく大事な仕事なのである。父から成功していくということを教わったので、それを考えた時、編集の仕事は良いと思ったのである。突然母から電話が来た。

「母さん、元気？」

「父さんが手術終わって、そろそろ退院するよ」

「本当に」

「良かったよ本当に」

「父さんも元気そうだね」

「またお見舞い来てね。退院するけど」

「そうだね」

「明日の帰りに行くよ」

「わかった。夜七時ごろだね」

「そうだね」

父さんは元気そうである。手術も成功したらしい。よかった。明日は父さんの病院へ行くことにした。仕事の帰りの夜七時ごろに行く。成功しているので、別に何も心配はいらない。父さんも元気みたいである。明日の仕事を片付けてから行くことにした。

朝から今日は父さんの所へ行くということを頭に思いながら仕事に行く。どうしているかな、そんなことを思う。今日の仕事はいろいろあるが、いつも通りの仕事なので、何も変化はない。五時半ごろ会社を出て行く。

病院までは三十分くらいはかかるが、近いのですぐである。病院に入る前にコンビニに寄った。何か飲みたいな、そう思って、コーヒーを買うことにした。それと、夕飯が遅くなるので、今なにか食べとこうと思って、おにぎりを買った。店内に食べるスペースがあったので、そこでコーヒーとおにぎりを食べて、七時という約束まで、時間を合わせることにした。

隣にはサラリーマン風の男性がインスタントラーメンを食べている。何か急いでいるのか、落ち着きがない様子で、腕時計をしきりに見ている。五分くらいしたらサラリーマンは席を立って、行ってしまった。

——本当に都会はせわしないな
差栄子は思った。

28

病院までの道のりはあまり遠くなく、信号を渡ってからすぐである。場所は前にも行っているので、迷うことはない。

「父さん、どうしてる」

母さんが居るので聞いた。母さんは病室の前で待っていてくれていた。病室に入ると父さんがベッドに寝ていた。

「父さん、来たよ」

声をかけた。父さんは、目を覚まして、差栄子を見た。

「差栄子じゃないか」

気が付いた様子で、差栄子の顔を見ている。

「元気なの」

心配していたので思わずそう言った。

「元気だよ。手術は成功したみたいだし」

「いつ退院なの」

差栄子は聞いた。

「来週あたりらしいよ」

「そうなんだ」

差栄子は無事手術が終わってほっとした。父さんも元気そうで、意外と話もしている。

「退院のときはこられないからね」

「仕事結構忙しいから」

父さんに言った。

「いいよ。平気だから。母さんがいるからね」

母さんは二人の会話を見ながら、ニコニコしている。父さんも無事で、差栄子もここに居るというのが嬉しいみたいである。

「もう行くからね」

すぐに病室を出た。病室の前のベンチで母さんと話をしてから帰ることにした。

「母さんは仕事どうなの」

「結構普通にやっているよ」

「この間のことは平気なの」

「なんか平気みたいだよ」

母さんは差栄子のことが心配みたいでこう言った。

「差栄子の仕事はどうなの」

「忙しいけど、普通にやっているよ」

差栄子が編集者の仕事をしているのは当然知っていることであるが、どのような仕事内容なのかまではあまり知らない。いろいろ話は聞いているけど、大変な仕事なのは分かる。

「母さんも仕事をしているけど、差栄子もしているから、あまり会えないね」

母さんは残念そうに言った。

「そうだけど、意外と休みもあるし、会えるよ」

差栄子は言った。

「いろいろ大変だね」

しみじみと言ってしまった。母さんはこんなことを言ってはいけないと思って、はっとした。

「でも楽しいこともあるし」

「そうだね」

「来週の退院の日は来られないからね」

「わかった」

「母さんよろしくね」

病院の窓から見える景色はどことなく寂し気で、薄暗い雲がかかっている。日の光も少し陰っていて、遠くは良く見えない。遠くの方に微《かす》かに背の高いビルが見えるが、それも靄《もや》がかかっている。歩いている人はまばらで、あまり多くない。それぞれ目的の場所に行こうとしている感じである。薄暗い町が見えているので、なんだか気分も落ちてしまう。それでもここにはいろいろな人が居るのだという実感が湧いてきて、自分一人ではないのである。

「母さん、仕事頑張ってね。生活もあるしね。」

「そうだね。頑張るよ。」

差栄子は母さんにそう言って、病院を出た。

薄暗い町を歩いて行くが、なんだかお腹がすいたので、コンビニに寄る。そういえば、夕飯を買っていかなくてはならない、そのことを思い出して、コンビニでお弁当を買うことにした。

「これください」

「五百十二円です」

店員は事務処理するかのように言っている。この人はきっと生活があって、ここで仕事をしているんだろうな、そう感じた。

「今日は唐揚げが安いですけど、どうしますか」

店員はそんなことを言う。

「いいです」

断るのは面倒だが、そんなに夕飯はいらないので、断った。家計簿をつけるためにレシートをしっかりもらって、店を出て、駅のほうへ歩いて行く。ここから三十分くらいで家に着く。その道のりを、普通にあるいていくが、景色がとても気になる。新しいお店もあるので、それをチェックしていくのである。良い所があれば鯛三と食事に来るし、欲しいものがあればそこで買う。都会はとても速いので、新しいお店も多い。

「ここの店かわいいな」

思わず言ってしまった。小さいお店で、とてもかわいい感じの店である。雑貨などを売っていて、少し立ち寄ることにした。

店に入るといろいろなものが置いてある。意外とお洒落なものが多い。仕事で使う、文房具なども欲しいので、かわいい文房具を見てみる。猫が先っぽのほうについている、ボールペンなどもある。とてもかわいいので、普段に使うボールペンを買おうと思った。

普段使うメモ帳なども欲しい。かわいいメモ帳を見ながら、ふと今いくら持っているか気になった。財布には一万円ほど入っている。これならば、買うことが出来るなと思って、店内を見まわした。メモ帳とボールペンを買うことにして、レジに向かった。

「これください」

「千二百円です」

店員はさっきのコンビニの店員と同じように、事務処理するかのように言っている。

こんなかわいい店にはまた来たいな、そう思って店を出た。

駅に着くと人がごったがえしている。都会の駅なので、人はとても多い。その中に差栄子は紛れて、電車に乗った。

電車の中は人が多く、立っている人も多い。最近ではスマホをしている人が多く、時代だなと差栄子は思っている。スマホで何をしているのかと思って見てみると、大抵はゲームをしている。

差栄子は編集という固い仕事をしているので、ゲームなどはあまりやらない。メールの返信だけで精一杯である。電車の中ではメールの返信をすることが多い。数通毎日来るので、それに返信する。

家まではもうすぐなので、準備をして電車を降りた。

29

明日は仕事なので、大変であるが、夜、家に帰ると電話が鳴った。

「鯛三だけど、明日、ご飯食べに行かない？」

鯛三は少し疲れている声をしている。そんな時は差栄子と食事に行きたいのである。

「いいよ。わかった」

差栄子は言った。

鯛三が少し疲れている声をしているのが気になった。夜なので、疲れているのかなと思って、あまり気にはとめなかった。明日、食事に行くことはとても嬉しいことで、楽しみでもある。鯛三と居るととても楽しいし、気が合うので、良い感じである。どこに行こうか考えてみるといつもイタリアンになってしまうので、何か違うところへ行きたいと思った。いろいろ考えてみるが、あまり思い当たらない。明日、行ってみて決めることにした。

でもイタリアンなのは、鯛三が好きだからという理由なので、明日は私の好きなところへ行こうと思った。何が食べたいかなと思ったら、そういえばお好み焼きを最近食べていないことに気が付いた。明日はお好み焼きだな、そう思った。

イタリアンが多いというのは、差栄子は最近飽きてきたが、美味しいので、また行きたいと思っている。しかし、明日はお好み焼きにすることにした。イタリアンでは何が好きなのかというと差栄子はワインとパスタである。ワインは次の日仕事がある場合は、あまり飲むことは出来ない。いつもワインが飲めないのが残念に思っているが、しょうがない。ワインが好きといってもその中でも赤ワインが好きである。いろいろ銘柄もあるので、それを試していくことが面白い。

給料もそこそこなので、あまり出費は出来ない。だからワインを試すことはたまにしかしない。たまに赤ワインの中でいろいろな銘柄を試してみる。安いのから高いのまで、味を比べてみたりする。仕事があるのであまり出来ないでいるが、休日ならば寝ることが出来るので、休日にしている。休日にワインを飲むと、とても幸せな気分になる。次の日は仕事であるが、早めに寝てしまえば、アルコールは抜けるので、平気だ。ワインの銘柄は色々試したので、いくつかは覚えている。

安いのをよく飲むが、たまには高いものも飲むのである。安いものを飲むのは生活費の関係で、それにしているが、それでも美味しい。安くても美味しいワインはたくさんある。それを試してみるのが、差栄子の好きなことでもある。しかし、そんなに頻繁には飲むことが出来ない。たまに飲むことになるが、それでも良い趣味でもある。ワインが好きということは鯛三も知っていて、それでイタリアンに行くということもある。鯛三がイタリアンが好きであるのもそうであるが、差栄子がワインが好きなのもイタリアンに決める理由である。

明日はお好み焼きにするので、とても楽しみである。仕事が終わってから行くので、早めに帰ることにする。鯛三と居ることはとても楽しいので、こうやって食事に行くことはいいのである。それがやりがいにもなるし、仕事が捗《はかど》る。鯛三の性格なども好きなので、これからも付き合っていきたいと思っているが、結婚のことになると、あまり話が進まない。それがどうしたものかと思うこともあるが、お互いの考え方がそうなので、しょうがない。

次の日、朝、仕事へ行く用意をしていたら、携帯が鳴った。母である。

「父さんが退院したよ」

「そうなんだ」

「元気だよ」

「良かったよ」

父さんが退院したらしい。良かった。もうお見舞いに行くことはないし、実家のほうへ遊びに行くことになるだろう。父さんが手術をしたということが、とても信じられなかった。父さんはとても健康に気を使っていて、少しのことでも気になる人であった。それを見ているので、手術をするということがとても信じられなかったのである。

父さんは差栄子にいろいろなことを教えてくれていて、アドバイスもくれたものである。意外と楽しい人でもあるので、遊びに行くこともあった。今までどこへ遊びにいったかというと、車で山をドライブしたり、海に連れて行ってもらったり、いろいろ楽しかった。山をドライブしたときは霧がすごく出てしまい、危険だと思ったこともあったが、とても楽しい旅行であった。霧が出るとフォグランプが必要であるが、ないので、ひやひやしたものであった。

そういう遊びを通して、父さんから学ぶこともある。会社を経営していたので、話術も優れていて、とても楽しい。今度、実家へ行こうと差栄子は思った。

いつ実家へ行こうか考えた時、来週の仕事の休みに行こうと思った。久しぶりに実家へ行くことに決めたので、とても楽しみである。母さんも父さんも居る実家は子供の頃からの場所でもあるので、懐かしい。

そういえば今日は、鯛三とお好み焼きを食べに行くのであった。夜六時ごろに待ち合わせをしている。駅前の噴水のところである。それが楽しみなので、今日の仕事は順調であろう。なにもトラブルがないほうが良い。仕事をしているといろいろとあるが、それも楽しいし、やりがいでもある。クライアントからの連絡は五件であった。それに返信していくことが朝の日課である。クライアントからのメールにはいろいろと問題点なども書かれているが、それも処理していかなくてはならない。重要な連絡などは報告しなくてはならないし、丁寧な返事もしなくてはならない。

萠理に話しかけてみた。

「結婚はどうなっている？」

「今のところ順調ですよ」

「来週あたりなのかな。辞めるのは」

「そうですね」

萠理は幸せそうな顔をしている。差栄子はうらやましくなった。これからの生活が楽しいものになることが、予想されているので、萠理は希望に満ち溢《あふ》れている。

「差栄子さん、仕事よろしくお願いします」

「大変になるんだよ」

「そうですね。すみません」

「上司から残業してでもやるように言われているから」

「そうなんですか」

「そうなんだよ」

萠理は少し申し訳なさそうにすみませんと頭を下げた。萠理の結婚は、差栄子にとっては仕事が変わってしまうため、少し嫌なものになっているが、祝福してあげなくてはならない。萠理が居なくなるということは差栄子にとっては一大事でもある。クライアントの担当も引き継ぐことになるし、その他の仕事も引き継ぐ。

「今日、鯛三とご飯を食べに行くんだ」

「そうなんですか」

「萠理は今日予定ないの」

「今日は家の片づけしなくてはならないですね。引っ越すので」

「大変なの」

「そうですね。物が多くて」

今日、萠理は残業もせずに帰って片付けらしい。いろいろ大変である。

「クライアントの詳細は書類で残しておいてね」

「わかりました」

「わからなかったら電話するかもしれないけど」

「そうですか」

これから差栄子はクライアントとの会議である。それが終わったら、帰ることになっている。会議のためにお茶を用意したりもする。それも差栄子の仕事である。四時から会議で五時半には会社を出ることが出来るだろう。いろいろ雑用を片付けてから会社を出ることにする。クライアントの数は数十社に及ぶ。それを整理していくのも大変であるが、萠理が居なくなることも大変である。今日は鯛三と夕ご飯を食べる。今日はお好み焼きの予定である。

30

駅の噴水の所へ行くと、まだ鯛三は来ていなかった。少し時間があるので、周辺のお店を覗いてみる。ここにはいろいろな店があって、人も多い。雑貨屋とか、本屋とか、その他にもいろいろな店がある。小さいお店もあるので、そういう小さいお店は興味深い。店舗経営が成り立っているというのが、すごいと思っている。鯛三が来るまで、少し時間を潰すことにした。

いろいろな雑貨が売っている文房具店に行ってみた。かわいい雑貨がたくさんある。差栄子は女子なので、かわいいものには目がない。

犬のちいさなぬいぐるみが付いている、ボールペンがある。可愛いと思って、買うのを決めた。それと、キラキラしている星の柄のノートも買うことに決めた。こうやって、文房具を買うということはよくあることである。まだ時間があるので、店内を見ることにした。ちいさなぬいぐるみがたくさんある。こういう可愛いぬいぐるみをカバンにつけて会社へ行くというのが自分の中で流行っていた時期があった。しかし、ドアなどにひっかけて、ぬいぐるみが取れてしまうことも多く、しばらくするとやめてしまった。

会社で使う文房具は普段は普通の安いものであるが、自分で使うものは可愛いものを使っている。可愛いものを使うと気分も高まるし、日ごろの生活が楽しくなるので、可愛いものを使うのである。会社で使う文房具は経費で落ちるので、高いものは買わない。ボールペンなどはすぐになくなってしまうので、かなりの消費量である。修正液やファイルなども買うので、結構お金がかかるが、すべて経費で落ちる。しかし、自分で使う文房具はもちろん自腹であるが、可愛いものを買うことが多い。自分の気分を高めるような可愛い文房具を買うのである。

買うものを決めてレジへ持っていく。レジには中高年くらいの女性がいた。

「これくださ い」

「千五百円です」

その女性は商品を袋に入れて、差栄子に渡した。いつものことであるかのごとく、手慣れた感じで渡している。差栄子は可愛いものを買ったので嬉しくなった。やはり女性である。

時計を見ると、待ち合わせまであと十分になっている。そろそろ鯛三との待ち合わせの場所に行かなくてはならない。お店を出て、噴水の方へ向かった。

噴水の方へ行くと人がとても多い。人でごった返しているという感じである。噴水のところは待ち合わせ場所でもあるので、人が皆、待っている。まだ鯛三が来ていない。二分くらい過ぎているが、鯛三はまだ居ない。残業で遅れているのかもしれない。差栄子は鯛三に電話をかけた。

「今、待ち合わせ場所で待っているけど」

「ごめん、二十分くらい遅れる」

「どうしたの」

「残業が少しあって、それで遅れた」

「わかった。待っているね」

鯛三はまだ来ないみたいである。とりあえず、噴水のところで待つことにした。少し待っていたら知らない人が声をかけてきた。

「すみません。これで撮ってもらえますか」

「えっ」

スマホを差し出している。写真を撮って欲しいみたいである。差栄子はしょうがないので、応じることにして、スマホで撮ってあげた。

「ありがとうございます」

その人達は行ってしまった。もう少しで鯛三が来るのでそれまでの辛抱である。

遠くを見ていたら、向こうのほうから鯛三が走ってくる。息を切らして、差栄子に言った。

「ごめん。待たせたね」

「平気」

「残業が少しあったから」

「それはしょうがないよ」

「それじゃ、行こうか」

今日はお好み焼きの予定である。鯛三とお好み焼き屋のほうへ歩いて行く。相変わらず、人はとても多くて、歩きにくい。気を許すと人とぶつかってしまいそうである。お好み焼き屋までは十分くらいなので、すぐである。鯛三は言った。

「今日は飲むからね」

「なんで」

「明日休みだから」

「私は仕事だから飲まないよ」

「いいよ」

お好み焼き屋に着くと、とても混んでいる。列に並んで待つことにした。

「仕事がなんだか忙しいんだよ」

「そうなの」

「しょうがないけどね」

自分の番になって、店内へ入る。なんだかせわしない雰囲気である。

席に座り、お好み焼きを注文する。鉄板が前にあるので、とても暑い。鯛三はビールも頼んだ。

「私は飲まないよ」

「いいよ」

差栄子は明日も仕事なのでお酒は飲まないことにした。鯛三は疲れた様子で、ビールを待っている。すぐにビールが運ばれてきて、鯛三はビールを片手にこう言った。

「これからもこうやって食事にこようね」

「そうだね」

差栄子はそう言ってくれるのが嬉しかった。鯛三とはとても良い関係であるので、このまま続けたいのである。

鉄板でお好み焼きを目の前で焼いてくれるみたいである。鯛三は美味しいビールが嬉しいみたいである。隣には差栄子も居るし、上機嫌になっている。お好み焼きが焼ける音がとても美味しそうである。ジュワっとお好み焼きが焼けている。おつまみに枝豆なども頼んだ。「これから仕事忙しくなるんだよ」

差栄子は言った。

「そうなんだ。大変だね」

鯛三は人ごとのような感じで少し冷たく言った。鯛三にとっては差栄子の仕事は人ごとなのである。

「萠理が辞めてしまうから、仕事が全部私にくるんだよね」

「それは残業多くなりそうだね」

「こうやって食事にもこられないかもね。しばらくは」

「そうか」

鯛三は差栄子が大変になるということが分かった。

差栄子はお好み焼きを食べながら、鯛三とはまたこうやって食事に来たいなと思った。なんでも話すことが出来るし、楽しいのである。お好み焼きは一人一つ頼んでいる。店内は話声でとてもうるさい。お客さんもとても多いのである。

「仕事はどうなの？」

差栄子は鯛三にきいた。

「忙しいけど、最近は疲れてきている」

「そうなの」

「仕事があるうちが花だけどね」

「そうだね。私も仕事がないと嫌なの」

「それが大事だよね」

差栄子も鯛三も共に仕事をしているために、意見は一致する。それがとても嬉しいことである。

「仕事がなくなるというのは悲惨だな」

「そうかもしれないね」

「やることもなくなるし、収入もなくなる」

「そうだね」

「仕事があるというのが一番いいんだよ、きっと」

「仕事が多すぎるというのは嫌だけどね」

「仕事を一生懸命やるというのは大事だね」

「そうだね」

差栄子は鯛三の仕事が忙しいことは知っているので、仕事に関しての意見は自分とあまり変わらないということが、普通のことのように感じた。ここで意見が一致しても、様々な意見があるので、それも考えなくてはならない。

お好み焼きは焼き上がり、マヨネーズなどをかけて食べる。鯛三はビールも頼んでいるので、上機嫌になっている。

「いつもイタリアンだけど、こういうのもいいね」

「そうだね」

「またお好み焼きにこよう」

店内の雰囲気は活気があって、なんでも話すことが出来るという感じである。となりに座っている、少し高齢の女性の団体はこちらを見てこう言った。

「あら、若いカップルね」

「若いっていいわね」

鯛三と差栄子は少し恥ずかしくなったが、感じのよい女性なので、しょうがないと思った。

「私、最近、具合が悪くて、病院に通っているんだよ」

「そうなの。大変ね」

「検査とかしてもらって、あまり異常はないみたいだけど」

「それならいいじゃない」

「歳には勝てないね」

「もうしょうがないわね」

高齢の女性はため息をついて、お好み焼きを食べている。

「だんだん体が言うこと聞かないし」

「具合も悪いしね」

「入れ歯も新しいもの作らなくてはならないの」

「お金かかるわね」

「一応保険きくみたいだけど、いいのを作ろうとすると、保険はきかないからね」

「しっかり作ってもらったほうがいいわね」

入れ歯なので、食べるのが大変そうである。

「目も悪くなっているからね」

「運転は危ないわね」

「そうね。運転は特に気を付けないと」

「この間、高齢者の事故がニュースになっていたからね」

「私達も気を付けないと」

「そうね」

「目が悪いから、眼鏡も必要だし」

「しっかり作らないとね」

「そうだね」

高齢の女性はバッグから入れ歯のケースを取り出して、見せた。歳をとると大変なんだな、差栄子はそう思った。鯛三はそんなことを気にもせず、お好み焼きを食べている。

「歳をとると、生活も大変なんだよ」

「生活費かかるしね」

「どうしてるの」

「年金と週二回の庭掃除の仕事で生活している」

「そうなの」

「歳とってから働くというのはなかなか難しいね」

「でも隣の七十過ぎのじいさんは、なにかアルバイトしているみたいだよ」

「そうなの。働くところはあるんだね」

「そうね。大変そうだけど」

歳をとってから、仕事をしているという人はいるみたいである。差栄子はそのことに驚いた。自分が歳をとったら仕事をしているかなんて、とても自信のあるものではない。そんな歳まで、仕事をしているのだろうか、そう思った。

31

鯛三に差栄子は言った。

「私が歳とってからも仕事しているかな」

鯛三はそんなことを言う差栄子に驚いた。

「どうだろね。仕事は若いうちだけじゃないの」

「そっか。今のうち働くしかないんだね」

「そうだよ。若いうちに働かないと」

「若いうちは元気だしね」

「そうだよ。」

鯛三も自分が歳をとってからも仕事をしているのだろうか、そう疑問に思った。一応、出世街道で、終身雇用であるので、定年までは働くだろう。そう予想はした。

「俺は、終身雇用だからね」

「そうなんだ」

差栄子はそんなことは全く知らないので、とても驚いた。

「私は編集者だから少し違うかもね」

「そうだね」

「編集者というと終身雇用ではないかもしれない」

「そうかもね。どうなんだろう」

「なにかトラブルとかあったら、駄目だし、本が売れなかったら、それも駄目だよね」

「そうだね」

「私は雑誌担当だから、今のところそういう心配はないけど」

「難しいね」

「いろいろなことがあるから難しいかも」

「終身雇用なんて最近はあまり流行らない」

「そう」

「時代によって色々変えて行くのがいいんだよ」

「そっか」

「俺はリーマンだから、普通に頑張っていれば、定年までなんだよ」

「そうだね」

「定年というとあと二十五年以上はあるけどね」

「そうだね」

「そこまで会社にいるかもわからないし、そこまで会社があるかもわからない」

「あっ、そういうこともあるんだね」

「そうだね」

差栄子はお好み焼きを食べながら、会社のことについて考えた。

——私もいつ辞めるか分からないな
編集者という仕事はやりがいもあるし、お給料も申し分ない。多いというわけではないが、生活出来るだけは貰っている。もし編集者の仕事を辞めてしまったら、生活も出来ないし、どうすればいいのか分からない。新たな職を探すということになると思うが、それも大変なことなので、転職なども考えていない。差栄子は鯛三に言った。

「私、仕事辞めたらどうすればいいんだろう」

「結婚でもすれば」

「冷たいね」

「だって、そうでもしないと生活できないし」

「そうだね」

「今のところは仕事を辞める気はないけど」

「そう簡単に辞めることは出来ないよ」

「そうか」

「俺だって、絶対辞めないもん」

「そうだよね」

差栄子は私だけではなく、鯛三も仕事を辞めることが出来ないということに気が付いた。そういうものだな、そう思った。編集者というのは仕事としてはかなり難しいものである。それを続けていけているというのは、とてもラッキーなことである。

「編集者の仕事は楽しいの」

鯛三は差栄子に聞いた。

「そうだね、楽しいわけではないけど、やりがいはあるよ」

差栄子は答えた。

「俺からすると編集者って結構難しいと思う」

「そうか」

「やっていると、慣れてくるよ」

「そうなんだ」

鯛三は差栄子が編集者であることが好きである。きちんと仕事をしていること、編集者であること、給料もきちんとしていること、そういうところが好きである。たぶん仕事は難しいのであろう、鯛三はそう思っている。

「編集者って、難しいと思うけど」

鯛三は言った。

「そうかな、そうでもないけど、マニュアルもあるし、イレギュラーなことは人に聞いたりして、対応していくから、難しくもない」

差栄子は言った。

「俺が編集者だったら、プレッシャーに負けそうだな」

「そうなの。私、そういうの気にしないから」

「大変な仕事という感じで、出来ないな、俺は」

「私はそんなこと考えないし、とにかく完全に雑誌が出来上がるのが目的だからね」

「すごいね」

鯛三は少し感心した。差栄子が仕事熱心であることに気が付き、少し尊敬したのである。鯛三は普通のサラリーマンなので、仕事も普通にしているし、営業成績も良いので、あまり心配もいらないが、差栄子は編集者であるので、とても難しい仕事でもあるし、鯛三からすると、すごいのである。

お好み焼きとビールはかなり減っているが、このように食事にくるのは、楽しいので、差栄子も鯛三と話などをするのは好きである。鯛三はビールも進み、かなり酔っぱらっている。

「編集者って、なにか特別なスキルいるのかな」

鯛三は聞いた。

「そうね、文学部だといいかもしれない」

差栄子は答えた。

「高卒だったら無理なのかな」

「平気かもしれないけど、やっぱり大卒のほうがいいのかも」

編集者は難しいので大学を出ているほうがいいみたいである。

鯛三は差栄子がすごいと思った。自分なんて編集者なんて出来ない。雑誌を作る仕事なんて絶対出来ないと思った。女性なのに、そういう風にすごいところが鯛三は好きである。

「俺なんかそんな雑誌を作るなんて出来ないよ」

「そう」

「一般に発売される雑誌なんだから、プレッシャーがすごいと思う」

「私、そういうの平気だから」

「俺なんか無理だね」

「そう」

「今の営業くらいがいいんだよな」

「そうだね」

「営業ならば、会議に出て、クライアントに会って、書類作成して、そういう普通の事務仕事が多いからね」

「そうなの」

「それで生活出来るんだから、いいんだよ」

「そうかもしれないね」

「そんな難しい仕事、俺には出来ない」

「そう」

「すごいね、差栄子は」

「そうかな」

差栄子は鯛三にそのようなことを言われて、驚いた。

「私、凄いことしているのかな」

「そうかも」

「仕事だから仕方ないと思うけど」

「それはあるね」

「仕事だからそんなに凄いことでもしなくてはならない」

「俺もそうだな」

「もうしょうがない」

「編集者って難しいのかな。私は慣れているからそうでもないけど」

「仕事をしていると慣れるよね」

「慣れてくるから、仕事も大変ではなくなる」

「慣れないのは大変だからね」

差栄子はいろいろ考えてみたが、今の仕事が一番だと思った。

お好み焼きはもうすでに食べてしまっているので、デザートだけである。コーヒーとスイーツを頼んだ。鯛三はビールを飲んでいるので頼まなかった。

「仕事大変だな」

「そうだね」

「続けようと思っているけどね」

「慣れているしね」

「新しいことは大変だよ」

差栄子は仕事を続けていくことを決めている。

「編集者を続けていきたい」

「そうなの」

「編集者というのは出版の業界だけど、本とか雑誌を作るのが仕事だから、意外と重要なポストだよね」

「日本においてとても重要だよ。だから俺はすごいと思っている」

「私もプレッシャーを感じるタイプではないけど、きちんとしなくてはとは思っている」

「間違えたら、駄目だしね」

「そうなんだよ。そんなの完全にミスだからね」

「でも仕事に置いてのミスだから、許される範囲だね」

「それはあるね」

「ヒューマンエラーだから、仕事ではそんなに責められない」

「でも会社によっては責めるところもあるよ」

「そうだね。それで仕事辞めてくださいと言われることもあるね」

「上司によるね」

「ミスが仕事では許されるというのを知らない上司は厳しいかもね」

「そうだね」

仕事について、差栄子は色々考えている。もう結構長く仕事をしているので思うところはある。

「仕事でミスをするというのは、自分が思うよりも責められることが多い」

「ミスではないという場合もあるけどね」

「偶然、良い風になるということもある」

「ミスすることで、いろいろ考えたりしてね」

「落ち込むことが多いけどね」

「人間、ミスくらいはあるからね」

「完全に間違っている、そういうこともあるしね」

「気が付かないいんだよ、自分が」

「人に言われて気が付くことも多いし」

「人に言われないと分からないんだよ」

「単純なミスはあまり問題ではないね」

「すぐなおせばいいし」

「大きなミスは問題になることがあるね」

「それで円滑に回らないとなるのは、駄目だね」

「気を付けないと」

差栄子は仕事でのミスについていろいろ考えた。鯛三もミスがあるので、いろいろ考えるところはある。営業であるが、単純な数字のミスなどもある。

差栄子も鯛三も仕事は長くしているので、そういうこともあるのである。二人は話がとても合うのである。

「お好み焼き美味しかったね」

「またこよう」

「ビールも美味しかった」

お好み焼き屋をでて、帰ることにした。鯛三は明日も仕事なので、早く帰りたい。ビールも飲んでしまったので、家に帰って寝るだけである。

差栄子も明日は仕事である。編集の仕事なので、朝が早いというわけではないが、今日は帰って早く寝る。差栄子は鯛三と別れて、電車に乗った。

32

差栄子より若い人が、スマホを見ている。なんだか、スマホを見て笑っている。何かニュースでもあったかと思った。差栄子は自分のスマホを取り出して、ニュースを見た。不景気であるというニュースが大半みたいである。編集の仕事は不景気でも、あまり影響はないだろう、差栄子はそう思った。隣に座っていた男性がこう言った。

「少し、このかばんが邪魔なんですけど」

「すみません」

「気を付けてください」

こんなことを言われるのは日常茶飯事である。通勤していると、その途中でいろいろなことがある。

家に着くと、誰も居ない。一人暮らしである。今日はもう寝るだけである。

朝起きると、携帯が鳴った。

「母さんだけど、今日夜、ご飯食べない?」

「いいよ。六時に駅前の噴水でね」

「わかった」

差栄子はこれから編集の仕事へ行く。母さんから朝、電話があったので、今日は夜、仕事が終わったら、ご飯を食べに行く。バタバタと用意をして家を出た。

会社に着くと萠理が差栄子に言った。

「もうすぐで居なくなるので、いろいろよろしくお願いします」

「わかっているよ。私も大変だけど」

「仕事の詳細は、書類で残しておきますので。今、その書類を作っているところです」

「わかった。それ見ればわかるのね」

「そうです」

「とにかく詳しく書いといて」

「わかりました」

「これから辞めるまでは、その書類を作るんだね」

「そうですね」

「クライアントの傾向なども書いといて」

「わかりました」

「詳しく書いてもらわないと、分からないから」

「すべて私が引き継ぐことになっているからね」

「よろしくお願いします」

「頑張ろうね」

萠理は持っていた書類を見ながら、これからのことを考えている。とにかく引き継ぎのことの書類を作らなくてはならない。差栄子にすべて分かるように詳しく書く。萠理の担当している仕事はとても多いので、書類の作成も大変である。これから辞めるまでは書類の作成で終わるであろう。

「差栄子さん、かなり仕事が多いんですが、大丈夫ですかね」

萠理は心配している。

「残業も多くなるかもしれないけど、頑張るよ」

差栄子は気軽にそう言った。今の二倍の仕事量になることに気が付いていない。

「この作成する書類は差栄子さんしか見ないので、一応詳しく書きますが、ところどころ言葉が簡単になってしまったり、わかりづらかったりするかもしれませんので、もしわからないことがあれば、私の携帯に電話してください」

「わかったよ」

萠理は差栄子のことが少し心配になっているが、もう辞めることは決まっているので、とにかく、すべて分かるように書類を作成しなくてはならない。もう、少し作成しているが、細かい字でびっしり書いてある。

クライアントの詳細から、作業の内容、細かい規定など、いろいろ書くことはある。基本は分かっていないという観点から、仕事の内容は詳しく書く。

「差栄子さん、結構仕事の量が多くて、書類も多くなるので、頑張ってくださいね。私、辞めてしまうのは、申し訳ないと思っているのですが、差栄子さんが引き継いでくれるということで、少し安心しています。差栄子さんならば、しっかりやってくれそうなので」

「そうだね。書類をみて、いろいろ学んでからだね」

萠理は晴れやかな笑顔になった。

「よろしくお願いします」

差栄子はこれから忙しくなることをそんなに予見をしていない。気軽に引き受けてしまっている。

お昼ご飯は、買ってきた弁当で済ます。今日はなぜか一人で食べている。みんな自分の仕事で忙しいので時間が合わない。ポットからお湯をだして、スープを飲むことにした。買ってきた弁当と、スープのお昼である。

午後の仕事は会議がメインになっている。差栄子は自分の意見を言うだけである。仕事が終わり、今日は母さんとご飯である。噴水のところで待ち合わせなので、六時までは少し時間がある。雑貨屋さんに立ち寄ることにした。

とにかく文房具が必要なので、かわいい文房具を探している。日頃使っている文房具はかわいいものである。

雑貨屋の店内は明るくて、活気がある。かなりお客さんが来ている様子である。見てみるととてもかわいい文房具や雑貨が置いてある。これならばお客さんも多いであろう。差栄子はノートを見ている。いろいろ書くこともあるので、ノートが欲しい。ノートを見ていると高校生らしい、女の子の二人組が来た。

「これかわいい」

「このシャーペン欲しい。壊れたからもう一本欲しいんだよ」

高校生はきゃっきゃ言っている。そういえばもう五時を過ぎているので、放課後なのである。高校生の女の子に交じって差栄子は文房具を見ている。

文房具を見ているときふと仕事について考えた。

――仕事がないと嫌だな

差栄子は編集者の仕事をしているが、とにかく仕事がないと駄目だと思った。
――仕事がないと生活も出来ないし
一人暮らしをしているので、生活のために働かなくてはならないのである。普段はそのようなことはあまり考えていないのだが、よくよく考えてみると、生活しなくてはならないのである。
――とにかく仕事があればなんでもいいな
もし編集者の仕事が終わってしまったとしても、他の何か、別の仕事でも良いと思った。とにかく生活のために仕事がないといけない。
キャラクターの絵が描いてある可愛いノートを買うことにした。ノートだけを持って、レジに向かう。
「六百円です」
差栄子はお金を払って、店を出た。
噴水のところで六時に待ち合わせである。母は仕事が終わってからくることになっている。差栄子はまだ時間があるので、噴水のところに立って、仕事についていろいろ考えた。
――仕事がないと、生活出来ないから、編集者の仕事でなくてもいい
――とにかく仕事があればいい
差栄子はそう思って、スケジュール帳を見た。スケジュール帳にはいろいろとお金のことや、予

定なども書いてある。今月の生活費は合計十万円くらいになっている。一人暮らしなので、そんなにお金はかからない感じである。十万円くらいで収まっている。家賃が半分くらいで、その他が半分くらいである。今のお給料であれば、十分生活出来るくらいであった。

――これならば、編集者の仕事を続けたほうがいいな

今月の収支は黒字になっているので、そう思ったのである。

約二十万円の給料のうち、十万円ほどは生活費で消える。残業をしたら、給料は多くなるので、もっと残ることになる。意外とうまくいっている、そんな感じである。しかし、それも、編集者の仕事をしているから、成り立っているわけで、仕事がなくなれば、そのような生活も出来ない。すぐに仕事を探さなくてはならないし、今までの貯金で、少しの間は生活しなくてはならない。

これから仕事がなくなる可能性というのは、ないわけではないので、少し心配である。何か大きな失敗をしてしまえば、辞めなくてはならないかもしれないし、今までのスキルだけでは、不安である。今までのスキルといえば、編集の仕事についてであるが、それが認められているから、仕事を続けることが出来るのである。それがなくなってしまったら、辞めなくてはならないかもしれないのである。

33

仕事について考えるのは嫌になってきたので、母さんが来ないか見まわした。遠くのほうから母さんが歩いてくるのが見えた。

「待った?」

「時間潰していたから」

「それじゃ、どこ行こうか」

「今日は普通のファミレスにしようよ」

「そうしよう」

母さんは元気そうである。仕事もいろいろあるかもしれないが、どうやら順調みたいである。スーパーの仕事をしているので、時給であるが、忙しい。

「スーパーはどうなの」

「忙しいけど、いろいろあるよ」

「時給っていくらなの」

「九百五十円だよ」

「一か月でどれくらいになる？」

「十八万円くらいかな」

「それなら結構平気だね」

「そうなんだよ。意外と生活出来るものだよ」

「それなら良かった」

母さんはバッグから小さいタオルを出して、汗を拭いた。急いできたので、汗をかいてしまった。

「スーパーで何かあった？」

「いや、特にないけど、店長から、話があった」

「どんな話？」

「これからのシフトを増やしてほしいって」

「そうなの」

「でも今でも週五日行っているから、六日になってしまうということなんだよ」

「えっ、疲れるよね」

「人手が足りないって」

「そうなの」

「今でも週五日で残業までしているから、大変だよ」

「それでどう言ったの」

「考えますって言った」

「ふぅん」

「母さんは六日でもいいと思ったんだけどね」

「そうなの」

「生活あるから、断れないし」

「そっか」

「これから大変だよ」

母さんは髪の毛を掻き揚げて差栄子の方を見た。

「差栄子は、どうなの」

「私は普通に仕事しているよ」

「編集者って大変じゃない？」

「そうだね。残業もあるし」

「なんか言っていたよね。忙しくなるって」

「そうなの。同僚の萠理が辞めることになっているから」

「あっ、大変だね」

母さんは少し不安そうにしている。女の子なので心配なのである。

「スーパーの仕事はトラブルとかないの？」

「もうそれはいつものことだから」

「いろいろな人来るでしょ？」

「もう大変なの、それが」

「そうだよね」

「でもいつものことだから、別に問題でもない」

「みんな我儘《わがまま》だからね」

「そうなの」

母さんはバッグから給料明細を取り出した。

「ほら、これ先月の給料明細」

「えっ、十八万円くらいだね、本当に」

「そうなの」

母さんは給料明細を見ながら、差栄子に言った。

「あんたも給料明細持ってない？」

「あっ、入っている」

「ちょっと見せてよ」

「これだよ」

「結構もらっているね」

「そうなの」

「編集者だもんね」

「そうだよ」

差栄子は自分の給料明細を改めて見た。結構もらっている感じである。

「それじゃあ、ファミレスまで歩くか」

「そうだね」

ファミレスまでの道のりは十分くらいである。車はかなりの交通量で、とてもうるさい。話し声があまり聞こえないくらいである。自然と声が大きくなる。

「仕事が大変で、大丈夫かな」

「生活しなくてはならないから、しょうがないよ」

「そうだね」

信号を渡ってから、右側にファミレスはある。お客さんは程々に居る。ファミレスに入ると、子供連れやお年寄りでいっぱいである。

「何頼もうかな」

「私はカツ丼にする」

「母さんは、シチューにするね」

差栄子は店員さんにメニューを頼んで、水を一口飲んだ。

「スーパーって、時給が安い感じだね」

「そうだね。でも仕事があるだけいいんだよ」

「そうだね」

「この歳で、仕事が出来るということが、ありがたい」

「そうだね」

母さんはメニューを見ながらこう言った。

「差栄子もずっと仕事はしなさい」

「そうだね」

ファミレスの店内はとても明るくて、活気に満ち溢れている。アルバイトの店員も忙しそうに歩いている。

「スーパーの仕事があるだけで嬉しいんだよね」

「そっか」

「生活が出来るからね」

「そうだね。父さんもまだ仕事が出来ないしね」

「そうなんだよ」

「父さんはどう？」

「退院してから家に居るよ」

「父さんも仕事するように言ったら」

「結構言っているから、今度、職探しするって言っていた」

「本当に。前は会社経営していたから、結構難しいのかもしれないね」

「それはあるね」

「父さんも元気そうだから、安心したよ」

「とにかく父さんが働くまでは、母さんが働かなくてはならないからね」

「そうだね」

とにかく父さんが元気そうで良かった。これから仕事もすることが出来る。差栄子は少し安心した。父さんの手術というのは、なんだか心配なものである。母さんと父さんの生活もあるし、いくら会社を経営していたからといっても、そんなに裕福になっているわけではないので、仕事をしなくてはならない。

「父さんってどんな仕事出来るかな」

「母さんが言っているのは、マンションとか駐車場の管理人なの」

「それなら父さんも出来そうだね」

「オフィスビルなどには駐車場があるから、そういうところ」

「そうだね。マンションもたくさんあるしね」

「それならば、人手不足で、父さんでも採ってもらえるでしょ」

「そうだね」

父さんはそういう仕事なら出来そうである。母さんはそれを父さんに言っているらしい。

「父さんもやる気なんだよ」

「そうなんだ」

「一か月でどれくらいになるかな」

「とにかく十万円くらいにはなるでしょ」

「そうだね」

父さんの仕事も決まりそうで良かった。会社を経営していたので、堅物でもあるが、そういう仕事なら出来そうである。

「最初、ボランティアでもするかとか言っていたんだけど、生活あるから仕事にしてって母さんが言ったんだよ」

「へぇ、そうなんだ」

「そうしたら、そういうマンションの管理とか駐車場がいいって話になって」

「もう結構歳だしね」

「そうなの」

「母さんも仕事しているしね」

「スーパーの仕事と父さんの仕事で二十五万円くらいにはなるでしょ」

「それならば生活できるね」

「大丈夫だよ」

「差栄子もしっかり仕事しなさいね」

差栄子は一人暮らしであることが少し不安になった。実家に戻るというのは可能ではあるが、今のところ考えてはいない。今の職場からかなり遠くなってしまうし、近いところで一人暮らししたほうがいいのである。

「編集者っていいわね」

「そうかな」

「なんだかお給料も高そうだし」

「それはあるね」

「やっていればいろいろわかってくるでしょ」

「もうかなりプロになっているよ」

「そうでしょ」

「編集に関してはいろいろ学んで、もうお手の物だよ」

「それなら安心だわ」

「スキルが認められているから、大丈夫だし」

「そうなのね」

母さんは差栄子の話を聞いて、とても安心した。娘が一人暮らしをしていることが、とても心配なのである。小さい頃から差栄子を見ていて、ただのお転婆《おてんば》な娘なのである。それが印象にあるために、とても心配である。

34

しばらくするとカツ丼とシチューが運ばれてきた。母さんは店員さんに言った。

「ホットコーヒーも追加してください」

店員さんは、ホットコーヒーを注文して、その場を去った。

——このファミレスはとてもいい感じだな
差栄子は思った。

カツ丼はとても美味しそうである。かなり大きいどんぶりに入っている。

「カツ丼食べるの久しぶり」

「そうなの」

「一人だとそういうものをあまり食べないから」

「ちゃんと食べないと駄目よ」

母さんは差栄子がちゃんと食べているのか心配になった。

「今度なにか送ってあげるね」

「ありがとう」

母さんはスーパーで残り物を買って、送ってあげようと思った。

「スーパーだと閉店間際に値引きして売っているからそれ買ってくるね」

「私も閉店間際にスーパー行ったほうがいいんだね」

「そうなの」

母さんはシチューを食べながら、差栄子に言った。

「仕事頑張りなさい」

差栄子は分かってはいるが生活があるということを実感した。

「とにかく生活しなくてはならないから、仕事しなくてはいけないね」

「そうなの」

「とにかく仕事があればいいね」

「そうだね」

差栄子は最近仕事があればいいと思っているので、そのことを母さんに言おうと思った。

「とにかく仕事というものがあればいいんだよ」

「何でもいいってこと？」

「仕事があれば生活が出来るということだよ」

「そっか」

「内容はどんどん変わっていったとしても、仕事があれば生活は出来るよ」

「そうだね。もし辞めなくてはならなくなっても、次を探して、仕事を見つければいいんだね」

母さんは子供である差栄子から教わった。とにかく仕事があればいい、そのことに気が付いたのである。

「それならば差栄子も別に編集者でなくてもいいってことだね」

「もし編集者が駄目ならば仕方ないね」

「でも、そうじゃないでしょ」

「そうだね。次の出版社見つけて、また編集者やるかもしれない」

とにかく仕事があればいいっていう話であるので、編集者ではなくても仕事をする。もし、次の出版社が見つかれば、編集者の仕事にするだろう。

「就職先が見つかっても仕事がなければ駄目なんだよ」

「どういうこと」

「暇だったら、すぐに辞めないといけないということだよ」

「そっか」

「そういうことだから仕事があるというのは幸せなことだね」

「そうだね。生活できるからね」

母は仕事がなければ駄目ということがわかって、スーパーの仕事でも、頑張ればいいのだということを差栄子から学んだ。スーパーの仕事は時給であるので、時間の融通もきくし、自由に働くことも出来る。今は店長から増やしてほしいと言われているが、それも時間の調整がきくものである。午後四時頃帰ってもいいし、朝、遅く行ってもいい。もちろん時間が短くなれば、お給料は減ることになるが、週六日になったとしたら、時間だけは減らしてもいいのである。

「もし週六日になったら、時間を減らそうかな」

「それがいいかも」

「十時出勤の四時退社にしようかな」

「そうすれば結構楽だね」

「実質五時間だから、今よりお給料が減る感じではあるけど」

「それがいいよ。週六日行くならば」

「そうだね」

差栄子はなんとなく頭で時給の計算をした。

母さんに言った。

「十万円は超えるね」

「十万円超えれば生活できるからね」

母さんは父さんとの生活をとても心配している。

「父さんにも働いてもらうし」

母さんはこれからのシフトについて考えた。

「週六日で、五時間にすれば楽だよね」

「朝十時ではなくて、九時出勤にして、三時に上がれば」

「そのほうがいいかも」

「三時から暇になっちゃうけど」

「そうなんだよね。やることもないし」

「それでもいいかもしれない」

「そうだね。三時からは家の片づけすれば」

母さんは携帯電話を取り出してこう言った。

「今、家に父さんいるからちょっと電話してみる？」

「そうする」

母さんは家に居る父さんに電話をかけた。

「父さん、今、差栄子と会っているんだけど」

「そうなのかい」

「父さんに話したがっているよ」

「差栄子に変わって」

差栄子に変わった。

「父さん元気？」

「結構元気だよ」

「母さんから聞いたんだけど、父さんも仕事するって？」

「そのつもりだよ」

「就職活動するの？」

「そうだね」

「頑張ってね」

「もう、結構歳だからね。採ってもらえるところを探すしかないよ」

「そうだね」

父さんは元気そうである。そんな話をして電話を切った。

「母さん、父さん元気そうだね」

「そうなの」

「父さんもやる気みたいだから平気だね」

「そうだね。仕事これから探すことになるよ」

「頑張ってね」

差栄子はカツ丼を食べながら、母さんと父さんが頑張っていると思って、私も頑張ろうと思った。母さんのスーパーでの仕事は順調なので安心である。シフトもこれから少し変えていくみたいである。このファミレスは居心地が良い。また母さん来ようと思った。母さんはスーパーの仕事がメインである。父さんが働くまでは母さんのスーパーの仕事で生活することになる。

「母さん、スーパーって、いろいろある？」

差栄子は母さんに聞いた。

「スーパーの仕事は覚えてしまえば、そんなに難しくはないよ。いろいろあるけど」

「お客さん、たくさん来るでしょ」

「そうだね。すごい来るよ」

「いちいち対応しなくてないけないから、それも大変だね」

「そうなんだよ。それが大変なんだよ」

「怒ってしまう人とかも居る？」

「居るよ。でもそういう人は良いお客さんなんだよ」

「そうなの」

「また来てくれる人が多い」

母さんはため息をついた。

「そういう人にあたってしまうと面倒なの」

「どうして」

「店長呼ばなくてはならない時があるから」

「そうか」

「店長が対応していくことがよくあるよ」

「そうなの」

差栄子は母さんが大変そうだなと思った。

「スーパーで十八万円くらいになるからね」

「結構もらえるね」

「そうだね」

「それで生活できるね、十分」

「そうなんだよ」

「もし時間を短くしたら、もっと減ってしまうかもしれないけど」

「十万円くらいになる？」

「そうだね」

「十万円くらいでも生活できるね」

「父さんと二人だけだもんね」

「十万もらえれば、生活できるからね」

母さんはシチューを美味しそうに食べながら、差栄子に言った。母さんのスーパーの仕事というのは十八万円くらいになるが、もし減らしてしまえば、もっとお給料は減る。六日出るように言われているから、時間は短くするかもしれない。もし時間が半分になれば、お給料も半分になる。それだから、今のところかなり働いているのだが、結構疲れる。毎日のこととなると、とても大変である。週六日にすると毎日のことになるので、時間を短くするしかない。朝から午後までという感じで、五時間くらいにする。しかし、フルタイムで週六日にすると、お給料はかなりの額になる。今よりも多いというわけである。そうなるのは時給であるからなので、働けば働くほどにお給料は増える。時給であれば時間の融通もきくので、とても便利である。

子育てしているお母さんが働きたいとなっても、時給ならば、時間の融通がきくので、とても良い。三時間でも働きたいという場合でも、時給ならば可能である。

差栄子の母は自分が時給であることをあまり気にしていない。年齢もあるので、働くことが出来れば良いという感じである。

「今度から週六日になるかもしれない」

「そうなの。大変になるね」

「だから時間は短くするの」

「それがいいよ」

自分の年齢がかなり高齢であることを気にしている母は、時給のパートでも満足して仕事をしている。そのような高齢で、仕事が出来ることが、なかなか難しいので、今のスーパーのパートはとても良い。もし社員になれるとしたらそれは良いかもしれないが、レジのパートはそのようなことはないだろう。

普通の正社員で仕事をするという選択肢もまだ捨てているわけではないが、このような年齢で、仕事をしなくてはならないという状態は、もうパートでもよいのである。

それでも十八万円くらいにはなるということで、生活も出来る。

「食費っていくらくらいなの？」

「だいたい四万円くらいかな」

「それなら、かなり余るよね」

「そうだね。雑費などもあるけど」

「家の固定資産税なんかもあるし、光熱費もあるからね」

「それでも少しは余るよ」

生活していくというのは大変である。かなりの金額がかかる。十八万円のお給料は少し余るくらいで、殆どは使ってしまう。

「お父さんにも頑張ってもらわないと」

「そうだね」

「お父さん、何が出来るかな」

「管理人とかじゃない」

「それなら、募集も多いよね」

「そうだよ」

お父さんは会社を経営していたが、これからは普通の仕事をすることになる。お父さんも高齢なので、出来ることが限られる。今のところ、管理人になるつもりである。

「お父さん、そろそろ就職活動していかないと」

「言わないとね」

「母さん、言っといてよ」

「言っとくよ」

ファミレスは混雑してきた。待っている人がいる。差栄子をそれを見て、そろそろ出ようと思った。時間も遅くなってきたし、そうすることにする。

35

母さんとファミレスを出て、駅まで歩く。駅では母さんと別れた。家までの道で携帯が鳴った。

「テレビ局ですけど、今度、編集者のインタービューの収録があるので、出てくれませんか」

「えっ、またですか」

「お願いします」

「いいですけど、謝礼とかありますか」

「五千円用意しています」

「わかりました」

五千円でテレビに出なくてはならないというのは、なんだか損した気分であるが、しょうがない。

「明後日、会社へ迎えに行くので。時間は午後二時です」

「わかりました。待ってますね」

またテレビに出ることになってしまった。これで何回目であろうか。おもしろいので、承諾してしまう。何を着て行こうか、この間買った、ジャケットを着ようかと思った。

家に着くと鯛三から電話がかかってきた。

「差栄子どう?」

「別に何も変わらないよ」

「なんかある?」

「そういえばまたテレビに出ることになったよ」

「そう」

「おもしろそうだからいいけど」

「そうだね」

「オンエアみてね」

「わかった」

「詳細はあとでまた言うからね」

鯛三は仕事が終わると電話をかけてくることが多い。差栄子は忙しくて気が付かない場合もあるが、そうするとこちらから電話をかける。鯛三の仕事は普通のサラリーマンなので、残業のない日は早く家に帰ることが出来る。同僚と飲みに行くことも多いが、それでもそんなに遅くはならない。差栄子と食事をすることも多いので、残業のない場合は九時ごろには家に着く。

「また今度、ご飯食べよう」

「どこがいいかな」

「居酒屋とかでもいいよ」

「そうだね」

差栄子と鯛三はあまり進展しない。このままが二人ともよいので、結婚するとかそういう話は出てこない。お互い一人暮らしであるが、一人のほうが気が楽だと考えている。

生活費に関しても、一人のほうがかからないと考えている。鯛三にとっては結婚して、差栄子が扶養に入ったとしたら、今よりも生活費がかかる。それも嫌なのである。

一人の生活費というのはあまりかからない。せいぜい十万円くらいで収まる。差栄子も鯛三も、それぞれ一人のほうが気が楽と考えているのである。

「残業は多い？」

「いや、そうでもないけど、忙しいと遅くなるよ」

「飲み会でしょ」

「それもあるけど、仕事自体が忙しい場合もあるよ」

鯛三は営業なので、顧客などの接待もある。会議に出席することもあるし、普通の事務作業で残業になってしまうこともある。

「最近は飲み会多いの？」

「多いね」

「毎日？」

「いや、毎日ではない」

差栄子はあまり飲み会には行かないので、鯛三が飲み会が多いというのが、気になってしまった。

「帰りって、何時ごろになるの。飲み会の時は」

「十二時くらいかな」

「終電には間に合う？」

「間に合うように帰ってくる」

「それ以上遅くならないように？」

「そうだね」

鯛三は飲み会があっても早めに切り上げてくるみたいである。

「次の日って、平気なの？」

「早めに帰るから意外と平気だよ」

鯛三の仕事のことを差栄子はあまり知らない。鯛三も差栄子の仕事のことはあまり知らない。お互いそういうところはあまり興味はない。

「それでは、また今度ね」

差栄子は電話を切った。

明後日はテレビの収録がある。今回は急なので、あまり準備はしていないが、日ごろのことを話すことになるだろう。

36

明後日になり、朝、収録でも平気である服を選んで、会社に着ていくことにした。朝から、準備をしているが、とにかく編集者についての話はまとめてある。仕事も大変なので、午後二時が待ち遠しい。午後二時には迎えに来る。

午後二時になり、迎えの車が来た。ビルの一階のエントランスのところに黒塗りの車が停まっている。フランクそうな男性が迎えにきた。

「そろそろ行きます」

差栄子と男性は車に乗り込む。

「今日はあまり長くないです」

男性は差栄子に言った。

都内を行くので、車に乗っている時間はあまり長くない。すぐに到着する感じである。しかし、都内は車が多い。スムーズには到着しない。

車の中から見える景色はビルばかりである。綺麗とは言い難い感じで、東京が雑然としているという感じを受けた。高速道路の橋桁なども見える。歩いている人はあまり多くない。薄く靄《もや》がかかっている。雨でも降るのであろうか。景色は薄くぼやけて、はっきりとは見えない。僅《わず》かに見える空が、何か寂し気で、窮屈《きゅうくつ》な日常を表している。毎日、とても忙しい、差栄子はそう思った。テレビの収録も流れるままに来ている。

綺麗なビルの一階に車は停まった。ここで収録らしい。ここがどこなのか分からない。都内のどの辺なのであろうか、差栄子には分からなかった。

「ここの二階ですので、お願いします」

男性は言った。

「ちょっとお手洗い行っていいですか」

差栄子は男性に言った。男性は不機嫌そうに言った。

「しょうがないですね。いいですよ。この奥です」

差栄子はお手洗いをすまし、二階に上がった。

二階に行くと廊下が入り組んでいて分からない。男性についていくのみである。ここで一人になったら迷うだろうな、そう思った。

「ここに座ってください」

部屋に入るとすぐに言われた。

「わかりました」

差栄子は笑って返事をした。

「いくつか質問しますので、それに答える感じでお願いします」

ライトに照らされて眩しい。カメラはもう回っている。

「編集者というのはどういう仕事ですか」

「雑誌などを作るのが仕事です」

「お給料はどれくらいですか」

「人並のお給料ですね」

質問は続いた。

「休日は何をしますか」

「友人と食事に行ったりします」

「編集者の仕事をしていて嬉しかったことは」

「雑誌が出来上がる時ですね」

「ありがとうございました」

質問は終わった。それと同時に収録も終わった。

差栄子は男性に聞いた。

「これはどういう番組でオンエアはいつですか」

男性は言った。

「詳しくはわからないんですが、明日の昼間の情報番組です」

「わかりました」

収録は終わったので、また車に乗って会社へ帰る。

一階に降りてエントランスを出ると、人だかりが出来ていた。差栄子は何だろうと思って見てみると、テレビでよく見る人がエントランスから出てくるところだった。

――やっぱり芸能人は違うな
そう思った。

人だかりを通り過ぎて、車に乗り込む。さっきの男性が車を出してくれている。都内を十分くらい走り、会社に着いた。

「ありがとうございました」

「これ謝礼ですので」

封筒に入った五千円をもらった。

会社へ着くと、同僚が駆け寄ってきた。

「今日、テレビの収録だったんだって?」

「そうなの。今帰ってきたところ」

「面白かった？」

「すぐに終わった」

「いつオンエアなの」

「明日だって」

「明日、仕事だね」

「録画してくるから大丈夫」

同僚は興味がある様子で差栄子にどんどん聞いてくる。

「どんなこと話した？」

「編集者についてだよ」

「それは分かるけど、失敗しなかった？」

「すぐに終わったから」

「面白そうだね。私にも来ないかな」

同僚は少し羨《うらや》ましそうである。明日のオンエアは録画をしてくることにしている。録画を家に帰ってから見る。

今、午後四時くらいであるが、終業までは仕事である。とにかく雑用を片付けようと思った。

オンエアは録画しておいた。通勤途中も別に変わったことはない。少しくらいテレビに出たからといって、特に変わったことはなかった。

仕事が終わってから、録画を見てみた。テレビ画面に私が映っている。話もしている。出演は五分くらいで終わった。昼間の情報番組では、なんとなく一般人みたいな感じであった。確かに別に芸能人というわけでもないし、素人のインタビューという感じである。

一応、頼まれて収録に行っているので、こちらも分かっていることである。録画はとっておこうと思った。

夜になり鯛三から電話がかかってきた。

「差栄子、テレビみたよ。今日休みだったから」

「見たの？」

「休みだから偶然テレビつけていたら、差栄子が出ていた」

「そうなの」

「美人に映っているね」

「恥ずかしいな」

「編集者について話していたけど、あれは言わされているの？」

「違うよ、自分で答えているんだよ」

「へぇ」

鯛三は自分がテレビに出たことがないので、今一、どのようなのか分からない様子である。

「明日、食事に行こうよ」

「そうだね」

「駅前の居酒屋でいいね」

「そうしよう」

差栄子は電話を切った。

自分がテレビに出るというのは何だか珍しいことのように感じた。そのような人は滅多に居ない、そんな気がした。

今日は鯛三と食事である。居酒屋に行くことになっている。仕事が終わってから、駅前の噴水のところで待ち合わせである。

待ち合わせまでまだ時間があるので、ショッピングモールに行くことにした。もうカバンが古くなっているので、新しいカバンを買おうと思った。

自分のお給料だとせいぜい三千円までである。あまり目立つものではなく、地味な感じの普通のカバンにしようと思った。

カバンがたくさん置いてある、お店に入ると、いろいろなカバンがある。どれにしようかと見まわしていると、グレー系の綺麗なカバンを見つけた。書類も入るし、大き目で、何でも入りそうである。これにしようと思った。

カバンを持ってレジに向かう。レジには少し高齢の女性が立っていた。

「二千五百円です」

女性は言った。

「これ割引券ですので次回使ってください」

割引券をくれた。

そろそろ待ち合わせの時間なので、噴水の所へ向かう。立って待っていると、向こうから鯛三がやってきた。

「待った?」

「そうでもない」

「居酒屋に行こう」

居酒屋は駅前なので、ここから一分もかからない。すぐにお店に入った。

「テレビ、面白かったよ」

「そう」

「差栄子って出たがりなの?」

「いや、頼まれているだけだよ」

「もう何回か出ているよね」

「そうだね」

「慣れた？」

「結構慣れた」

鯛三はお酒を頼む。とりあえずビールである。差栄子はお酒は飲まない。何か食べるものを頼んだ。いろいろな惣菜を頼むことにした。

居酒屋であるので、店内はとても賑やかである。話し声が聞こえないくらいである。結構大騒ぎしている団体もある。

「仕事はどう？」

鯛三は差栄子に聞いた。

「別に普通だね」

差栄子は答えた。

「編集者って難しいことあるの？」

「慣れてしまえば分かっているからそうでもない」

鯛三はビールを飲みながら差栄子に言った。お惣菜も次から次へとテーブルにくる。差栄子はお酒を飲まないので、お惣菜を食べている。

「毎日、忙しい？」

「そうだね。忙しいね」

「睡眠はとれてる？」

「一応五時間くらいはとれてる」

「それなら平気だね」

「でも疲れるよ」

「毎日仕事だもんね」

鯛三も差栄子もとても楽しいひとときである。

「お給料って満足している？」

「そうだね。生活出来るくらいはもらっているからね」

「ボーナスってある？」

「少しはあるよ。そんなに高額ではないけど」

「俺は結構もらっている」

「本の売り上げとか雑誌の売り上げとかに左右されるみたい」

「そうなんだ」

意外と仕事は大変である。

「もう何年になる？ 仕事始めてから」

「五年くらいかな」

「俺は新卒で入っているから、十何年かは経ってる」

「一人暮らしも五年くらいってこと」

「そうだね」

美味しそうな惣菜を食べながら差栄子は言った。そういえばもう五年になるのである。家を出てから、五年。一人はもう慣れたが、やはり少し寂しい。だから鯛三とご飯を食べる。

「一人ぐらしって、寂しいよね」

「そうなんだよ、すごく寂しい」

「家に帰っても誰もいないからね」

「家族がいれば、誰かいるからね」

一人暮らしはとても寂しいのである。猫や犬を飼って紛らわすしかないのである。家に帰っても誰も居ない。このような生活を続けるというのは結構辛いかもしれない、そう思った。

「そのうち結婚するかな」

「どうだろう」

「私の考えは一人のほうが気が楽ということなんだけどね」

「そうなんだよね。生活費も一人分だけだしね」

「大人一人くらいどうにでもなるからね」

「そうなんだよね」

大人一人くらいの生活はどうにでもなる。差栄子と鯛三はそう考えている。

「仕事、大変だよね」

「そうだね。いろいろあるしね。俺も新卒で入っているけど会社でいろいろあるよ」

「そうなんだ」

会社ではいろいろあるのである。突然、退職を迫られたり、いいがかりをつけられたり、いろいろなことがある。それを乗り越えていくしかないのである。そのためにはかなりいろいろ考えなくてはならない。

「そういえば、そろそろ萠理が辞めるんだよ」

「えっ、それは大変になるね」

「そうなんだよ」

「仕事の引継ぎの書類はもうもらったから、それを元に仕事をしていくことになる」

「そうなんだ」

差栄子は萠理の仕事を引き継ぐことになっている。そうすると仕事がとても大変になる。

「大丈夫なの？」

鯛三は少し心配になった。

「一応、平気なつもりだけど」

差栄子は答えた。

居酒屋ではいろいろな食べ物が出てくる。差栄子は焼き鳥が一番美味しいと思った。

「これ美味しい」

「俺も食べる」

鯛三のお酒は進んでいる。

「このたこ焼きも頼もうかな」

「そうすれば」

「たこ焼きもお願いします」

店員に言った。

「私はお酒のまないからね、今日は」

「なんで」

「明日引継ぎだから」

「休めないから？」

「そうだね」

鯛三は差栄子のことが少し心配になっている。仕事が忙しくなるというのは男性ならば、体力があるが、女性なので、少し心配なのである。女性なのに男性くらい働いている差栄子のことが好きであるが、そんなに忙しくなるということは大丈夫なのかと思ってしまう。

「ちょっと心配だな」

鯛三は思わず言ってしまった。

「どれくらい忙しくなるのか見当つかないからね」

「そうなんだよ」

そろそろお開きにする時間である。鯛三と差栄子は居酒屋を出た。明日は引継ぎである。

37

差栄子は家に帰ってすぐに床に入った。明日から忙しいのである。朝、準備をして家を出る。仕事が今日から忙しい。

「おはようございます」

同僚にあいさつをした。

「蒴理は来ている？」

「一応、今日までということで」

「それなら仕事の引継ぎの話をしないといけない」

蒴理も出勤している。今日までなのである。

「おはようございます」

蒴理は言った。

「仕事の引継ぎお願いします」

差栄子は言った。

蒴理からもらった書類に目を通す。わからないことがあれば携帯電話で聞くことになっている。

蒴理からいろいろな話を聞く。クライアントの詳細やこれからのことや、気を付けることなど。クライアントの電話の対応もしなくてはならない。

「差栄子さんなら平気ですよ」

蒴理は人ごとのように言う。

「わからないことあったら電話するから」

蒴理は安心している。

今日一日は引継ぎで終わっている。明日からは蒴理の仕事をすることになっている。上司からは残業してでも仕事をしてくれと言われているので、もうしょうがない。

終業時間になって、差栄子は家にすぐに帰った。

朝、家を出て会社へ向かう。今日から蒴理がいない。

差栄子は同僚にあいさつをしてこう言った。

「私、今日は残業しなくてはならないから、退社は夜十二時の予定なの」

「そうなんですか。大変ですね」

いろいろな事案がある。それを処理していく。電話もたくさんかかってくる。それにも対応していく。午後になってなんとなく疲れてきたが、今日は残業である。いろいろな仕事を片付けて、夜の十二時になった。

やっと帰ることが出来る。やはり仕事量が多い。今までの倍くらいである。

すぐに家に帰って床に入った。次の日、朝、出勤である。

会社に着くと、また今日も昨日と同じで、夜十二時まである。とにかく仕事の量がすごい。処理をしていくのだが、追い付かない。電話もたくさんかかってくる。

あまりにも仕事が終わらないので、休まないことにした。とにかく仕事を片付ける。

今日で連続十五日の出勤である。全く休みをとってない。なんだか疲れている。

「差栄子さん平気ですか」

「少し疲れているけど大丈夫」

本当はかなり疲れているが、そう答えた。

「ちょっと、これお願いしてもいい？」

同僚に少し、仕事を渡した。そうでもしないと仕事が終わらない。十二時までやっても終わらないのである。しかも、連続で十五日の出勤である。明日も出勤である。

「私、全く休めてないの」

「えっ、そうなんですか」

同僚は驚いている。

夜十二時になって、家に帰った。明日も出勤である。

仕事が終わらないので、とにかく休まないで出勤している。しかも夜十二時まで仕事をしている。

朝になって、なんだか目の前がフラフラになっているが、出勤した。今日で連続十六日の出勤である。

「おはようございます」

同僚が挨拶してくる。

「仕事が終わらないの」

差栄子は言った。

午後になって、具合が悪くなってきた。目の前もフラフラしている。差栄子はその場に倒れこんだ。

「大丈夫ですか。救急車呼びますか」

声が聞こえる。

「救急車お願いします」

同僚が言っている。

数分後、救急車は到着した。差栄子は運ばれていく。しばらくすると差栄子は気が付いた。病院の中であった。

ベットに自分は寝ている。何があったんだろう、そう思ったが、分からなかった。仕事が忙しかったのを思い出した。それで具合が悪くなったのも思い出した。

連続十六日も出勤したのがいけない。そう思った。蒴理は私のことなどどうでもいいような感じであった。それも思い出した。

しばらくすると母さんがやってきた。母さんは不安そうに座っている。差栄子はそれを確認した。誰かが母さんに連絡したのだろう。そういえば会社に緊急連絡先を出していた。母さんは鯛三に電話をした。

「差栄子が倒れたの」

「そうなんですか、すぐに行きます」

「すぐにきてください」

「俺も心配だったんですよ」

差栄子はテレビに出たのもいけないと思った。テレビに出てから体がなんか変な感じであった。テレビの出演は面白かった。面白かったから、体のことなど気にしなかった。でも、なんだか変になっていた。それもいけないと思った。

しばらくすると鯛三がやってきた。鯛三は不安そうに差栄子を見ている。母さんと鯛三が話をしているのが聞こえた。

「差栄子、連続で十六日も出勤していたって、会社の人が言っていたの」

「そうなんですか。俺、知らなかった」

「私も知らなかったの。連絡がないなとは思っていたけど」

「俺もそうです。連絡が全くなかった」

母さんと鯛三は話をしている。

「会社の人が夜十二時まで会社にいたって言っていたの」

「萠理さんがいなくなるから忙しくなるとは言っていた」

「私にもそう言っていた」

「俺も大丈夫なのかとは思ったんだけど、あまり気にしていなかった」

「私は、そんなこと思わなかった」

「そういえば差栄子、テレビにも出ていたよね」

「そうですね」

「テレビに出てから、体の具合が悪いとは電話で言っていた」

「そうなんですか。俺には言ってない」

「それも良くなかったの。きっと」

「そうですね」

母さんは不安そうである。

「私もスーパーで働いているけど、夜七時には帰っているからね」

「そうですよね。俺も夜十時くらいには帰っている」

鯛三も不安そうである。

「そんなに働いたらこうなるわよね」

「そうですね」

「しかも十六日も出勤するなんて」

「そうですよね」

「そんな無理してはいけないわ」

差栄子は遠くのほうがかすんで見えた。さらに具合が悪くなっていった。

「差栄子！」

鯛三の呼ぶ声がする。

「差栄子！」

母さんの呼ぶ声がする。

差栄子は意識が遠くなっていった。テレビに出たことと仕事が忙しかったことがいけない、そう思っていた。テレビに出たことは嬉しかった。子供の頃からの夢であったたし、いつかはテレビに出てみたい、そう思っていた。テレビに出てみても、なにも反応がないことはとても驚いていた。しかし、テレビに出たことで少し具合が悪くなっていた。テレビに出るということはそういうことなんだ、そう思っていた。少し具合は悪くなっていたが、テレビにはまた出たい、そう思っていた。

萠理が居なくなる、その話を聞いたとき、これは忙しくなるな、そういうことはわかっていたが、こんなに忙しくなるということは予想していなかった。クライアントの仕事も電話の応対もとても多くて、とにかく終わらないという感じであった。途中で同僚が何回か心配していた。

仕事というのは大変だな、そう思うことも多かった。一人のほうが気楽と考えていたので、結婚も考えなかった。

鯛三との食事ではあまりお酒は飲まなかった。でもたまには飲んでいた。あまり飲むと次の日、出社できなくなってしまうこともあるので、控えていた。

次の日、出社できなることもたまにはあった。初めはそれを繰り返していたが、最近はそういうことはあまりしなくなっていた。飲みすぎて、体調が悪くなることが、以前は多かったが、そういうことをしなくなったので、とても元気であった。

元気であるから、その他のことはあまり気にしていなかった。

蒴理は結婚して幸せなのである。私はどうか、こんなになっている。

鯛三と母さんが話をしている。

「差栄子、平気なのか」

「なんか元気ない」

「仕事をそんなに忙しくしてしまうなんて、断ればよかったのに」

「差栄子はこうなることは予想していないんだよ」

「仕事をセーブしなくてはいけなかった」

「テレビに出たのもいけないんだよ」

「いろいろ重なったわね」

「そうですね」

「私はそんなに心配していなかったけど、あまり連絡もなかったから」

「俺もそうですね。少し心配ではあったけど」

「こうなることはわからなかった」

差栄子は仕事が好きである。編集者という仕事をしていることが誇りでもあった。多少忙しくても、しっかり仕事をしていた。

「編集者というのは大変だわね」

「そうですね」

「成功しているのは嬉しかったけど」

「俺も編集者なんてすごいと思っていました」

鯛三と母さんは話をしている。

外の天気は快晴である。こんな日はピクニックでもしたい気分である。でも今日は、なんか良くない日であるような気もした。

病室は薄暗い。差栄子は倒れてしまっている。

差栄子の意識が遠くなっていった。

「差栄子！」

母さんの呼ぶ声がする。

「差栄子！」

鯛三の呼ぶ声がする。

最近の自分の行動がすべていけなかったのだ、差栄子はそう思って、意識がなくなった。

「差栄子！」

「差栄子！」

母さんと鯛三の声が病室に響き渡った。母さんと鯛三は看護婦を呼んだ。看護婦が数人病室に来た。なんか処置をしている。

「差栄子！」

「差栄子！」

母さんと鯛三は必死の形相になっている。差栄子がどうなってしまうのか、そう思って、怖くなった。

お医者さんも来た。いろいろと処置をして、病室を出た。差栄子は具合がとても悪いのであろうか、母さんはそう思った。鯛三も不安そうである。

いろいろな機械に繋がれている差栄子は、とても可愛そうで、母さんは見ていられなかった。鯛三もこんな差栄子は見たくなかった。

鯛三は少し心配であった。忙しくなると聞いてから、これは少し具合が悪くなるなとは予想はしていた。テレビに出た話も嬉しそうにしていたので、それも要因である。最近の差栄子はとても忙しくて、鯛三はとても心配であった。それをたまに言っていたが、差栄子は気にも留めずにいたので、どうしようもなかった。

病室は差栄子と母さんと鯛三だけになった。母さんはとても不安そうである。鯛三もとても不安である。

「差栄子は平気なのか」

「今、看護婦とか出て行ったけど」

「またくるかも」

「そうですね」

差栄子の意識はなくなっている。

「差栄子！」

母さんは呼んだ。

「差栄子！」

鯛三も呼んだ。

薄暗い病室で、二人の声が響き渡った。

著者紹介

紀島愛鈴（きじまあいりん）

1976年（昭和51年）栃木県生まれ。その後、神奈川県で育つ。捜真女学校高等学部卒。東邦音楽大学音楽学部ホルン専攻を中退後、専門学校ESPミュージカルアカデミー音響アーティスト科PA・レコーディングコースを中退。結婚し、主婦業、勤務、パソコンの業務などをしながら、アーティスト名愛鈴で音楽CDを発売。音楽配信も開始。1994年からマクドナルド、1999年から山崎製パン、2014年から日通横浜運輸に勤務。著書に『あっこちゃんと月の輪』（幻冬舎）『人生なんとかなるもんさ』（セルバ出版）がある。日本文藝家協会会員。

尋常《じんじょう》の黄昏《たそがれ》に成《な》る

紀島 愛鈴

二〇二〇年二月二十二日　初版発行
発行所　つむぎ書房
〒103-0023　東京都中央区日本橋本町二-三-十五
共同ビル新本町五階
https://tsumugi-shobo.com/
印刷・製本所　つむぎ書房